大公陛下の純愛ロマネスク

JN267559

乙蜜ミルキィ文庫

大公陛下の純愛ロマネスク

目次

プロローグ

グルド公国は大陸一小さな国である。

しかし、エメラルド色の美しい内海に面し、万年雪を頂く山々と深い緑の風光明媚《ふうこうめいび》な自然を豊富に有し、大陸一の観光国として名を馳《は》せていた。

七歳になるラーラ・ケリーは、海沿いの地方に屋敷を構える侯爵家《こうしゃくけ》の長女だ。

煙《けぶ》るような金髪と内海と同じ深い緑色の目、しなやかな肢体《したい》。天使のように愛らしい風貌《ふうぼう》を持つ美少女である。

今朝も早起きしたラーラは、動きやすいネグリジェ風のドレスに着替えると、屋敷を後にした。

屋敷からほど近い、海岸線を見下ろせるなだらかな丘陵を目指す。

丘のてっぺんに登ると、エメラルド色の朝の海が一望できた。朝日にきらきら照り映え、凪《な》いだ海面はほんとうの宝石のように美しい。

「ああ、空気が美味《おい》しい——さて、と」

深呼吸を何度か繰り返したラーラは、咽喉《のど》に手を当てて調子を確かめた。それから長い睫毛《まつげ》を伏せ、小さい声で歌い出した。

「アヴェ・マリア　あなたは主とともにおられる　御子《みこ》イエスとともに」

お気に入りの賛美歌だ。

見事なソプラノが、丘陵に響き渡る。その声は、次第に熱がこもり声量が増してくる。

「アヴェ・マリア　私たちのために　祈りたまえ　永遠に　私たちのために」

情感のこもった歌声は、凪いだ海面にさざ波を立てるように、水平線へ消えていく。

サビの部分を繰り返し、歌い終えたラーラは静かに顔を上げた。

心が澄み切って、身体中に生命力が満ちてくる気がする。

毎朝、起き抜けにここに来て、賛美歌を歌うのがラーラの習わしだった。

幼い頃から歌うことが得意で、教会の子ども聖歌隊のソロソプラノも務めているくらいだ。いつかどこかの大きな教会や大舞台で、プリマドンナとして自分の歌を披露するのが彼女の密かな夢でもあった。

ケリー家は地方の下級貴族で、暮らしは慎ましいものだったが、両親の深い愛に育まれ、ラーラはすくすくと幸せに満ちて育っていた。

晩春だった。

ラーラはいつも通り朝の歌の練習に、丘に登った。

今日の海は春霞《はるがすみ》がかって、幻想的だ。

丘の上から海を見下ろし、さてと深呼吸したとたん、どこからかこほこほとくぐもった咳《せ》き込む声が聞こえてきた。

「？　誰っ？」

ふいをつかれてきょろきょろすると、すぐ側のエニシダの茂みから、その咳《せき》は響いてくる。足音を忍ばせて、茂みに近づくと、咳き込む声が大きくなった。生い茂った枝を掻《か》き分けると、地面にうずくまっているひとりの少年の姿があった。

綺麗《きれい》に整えた切り下げの栗色の髪、仕立てのよい深青色のベルベットのジュストコート、キュロットから覗《のぞ》いた足がすんなり長い。

あまりに苦しそうに咳き込んでいるので、ラーラは思わず進み出て声をかけた。

「あの、大丈夫？」

少年がはっと顔を上げた。

青空を映したような明るい青い瞳だ。

まっすぐ視線が合い、ラーラは心臓が跳ね上がるのを感じた。

歳《とし》の頃は十三、四か。鼻筋の通った、まだ少年のあどけなさを残した整った美貌だ。

咳をしているせいか、白い頬《ほお》に血の気が上っている。

「あ、ごほ、だいじょうぶ、ごほ……」

少年は口元を押さえて答えた。咳まじりでも、綺麗なアルトの声だ。

「でも苦しそうよ、しっかり」

ラーラは近づくと跪《ひざまず》き、そっと少年の背中をさすった。妹たちがむせたりすると、いつもこうやって優しく背中を撫《な》でてやるのだ。しばらくそうやっていると、次第に咳はおさまってきた。

「……ありがとう」

咳が止まると、少年が含羞《はにか》んだように微笑《ほほえ》んだ。

「ううん、もう平気？」

「ああ——私は少し気管支が弱くて——冬から春にかけて、王都から空気のいいここに、療養に来ているんだ」

「まあ、都会の方なのね。どうりでお洒落《しゃれ》な格好をしていると思った」

「そ、そんなことない。君の方が素敵だ」

お世辞でも褒められて、ラーラは面映《おもは》ゆくて頬を染める。

「私の屋敷が近くなの。そこで少し休んだら？」

「うん。それより、君の歌の練習を邪魔してしまったね」

「あ――し、知っているの？」

「ああ。実は私は、毎朝ここに君の歌を聴きにきていたんだ」

秘密の練習をこの少年に見られていたのかと思うと、恥ずかしさで耳朶《じだ》まで真っ赤になってしまう。

「いやだ、恥ずかしい」

「どうして？　あまりに美しい声だから、私は初め天使様が歌っているのかと思ったよ」

少年は目を眇《すが》めて微笑む。美麗な笑顔に、ラーラは思わず顔を伏せた。

「毎朝、君の歌声を聴くと、その日一日はすごく元気でいられるんだ」

少年はゆっくりと立ち上がると、そっと手を差し伸べてきた。

「だから、どうか今日も歌ってほしい」

ラーラはおずおずと手を伸ばし、少年の手に重ねた。彼がそっと引き起こしてくれる。

立つと、少年はすらりと背が高いことがわかる。

「私の歌で、元気になるの？」

「うん、苦い薬なんかより、よっぽどね」

ラーラは胸が躍った。

「じゃ、歌うわ」

少年は嬉《うれ》しそうにうなずいて、側の岩に腰を下ろした。

にわかに心臓がどきどきしてくる。

今まで聖歌隊で、何度も大勢の人の前で歌ってきたのに、こんなに緊張したことはない。

幾度も呼吸を整え、歌い出す。

「アヴェ・マリア――」

少年は心地好さそうに目を閉じ、じっと聴き惚《ほ》れている。

その端整な顔を見つめつつ、ラーラは心を込めて歌った。

歌い終わると、少年がぱちぱちと拍手した。

「素晴らしい！　君は将来絶対にプリマドンナになるね！」

自分の夢を言い当てられ、ラーラは嬉しさと恥ずかしさで真っ赤になる。

「そんなの……まだまだよ」

少年は、あっと気がついたように、おもむろに立ち上がった。

「ごめんよ。私はそろそろ別荘に戻らないと。明日もまた、聴きにきていいかい？」

ラーラは大きくうなずいた。

「ええ、もちろん！　あなたを元気にしてあげる！」

少年が白い歯を見せてにっこりした。

その笑顔の眩《まぶ》しさに、ラーラは目眩《めまい》がしそうになる。

少年と別れると、ラーラは足取りも軽く屋敷への道を辿《たど》った。

また明日、あの美少年に出会えると思うと、うきうき心が躍っていた。

（ああいけない。私、あの子の名前を聞くの、忘れていたわ。でもいいわ。明日尋ねればいいもの）

だが、ラーラはその少年の名前を聞くことは、ついに叶《かな》わなかった。

その日の午後、街まで出かけた両親の馬車は、暴走した荷馬車と衝突した。

事故の知らせを聞いて、妹たちと病院に駆けつけたラーラが見たのは、冷たく変わり果てた両親の姿だった――。

両親を一度に亡くしたラーラたちは、王都近くの地方都市にある遠縁を頼って、身を寄せることになった。

二度とあの丘陵で歌うことはなかったのだ――。

第一章　シンデレラの夢

その地方都市のメインストリートにある芸術座は、今宵も満員御礼だった。

地方といえど、芸術座は歴史が古く由緒ある劇場だ。

数々の名優が舞台に立ったこの劇場で、主役を演じるのは一流と認められたことで、歌手や俳優たちの憧れの的だった。

今日の公演は歌劇「フィガロの結婚」。

華やかな喜劇で人気の演目だ。主演女優もベテランの人気プリマドンナだ。

開演時間まで一時間。

バックステージの奥の大部屋の楽屋では、端役《はやく》の歌手たちが、ずらりと並んだ小さな化粧台に向かって慌ただしくメイクしている。

一番端の窓際の席に座ってメイクをしているのは、もうすぐ十八歳になるラーラだった。

すらりと背が伸び、艶《つや》やかな長い金髪、色白の肌《はだ》にぱっちりした緑色の目、匂《にお》うような美人に成長している。

「ラーラ、今宵は大公様がこの街においでになっていて、特別桟敷《さじき》でご覧になられるんですって」

隣の同期の歌手の卵のタマラが、髪を梳《と》かしながら話しかけてきた。

「そう、大公様が？」

ラーラは衣装のズボンを穿《は》きながら興味なさげに答える。今日はヒロインの恋の相手の少年役なので、男の服装をするのだ。

「今度の大公様は、若くて美男子なのでしょう？　ああ、緊張してしまうわ」

グルド公国の前元首レーニエ大公は、十年前に流行病《はやりやまい》で突然逝去した。バイロン公太子はまだ未成年だったので、数年間は公妃のダイアナが元首の位に就いて、国を治めていた。成人したバイロンが正式に大公の位に就いてから、まだ五年そこそこであった。

肖像画やポスター等で知るバイロン大公は、端整な若々しい姿で、独身ということもあり、国中の若い娘の憧れの的でもあった。

「ねえねえ、ひょっとして、大公様が舞台の私をご覧になって、一目惚れしてしまうなんて、ないかしらねぇ」

夢見がちなタマラが、うっとりと言う。

「ふふ――そうだといいわね」

ラーラは相づちを打つ。

実のところ、大公様に興味はない。今日の舞台をしっかり務め上げることだけに、頭がいっていた。

(歌を認められて、もっと大役を頂けるようにならなくちゃ……)

ラーラには切実なことだった。

両親が不慮の事故で死に、遠縁のハリスン侯爵家に妹たちと引き取られてから、苦労の連続だった。

あからさまに厄介者扱いされ、屋根裏部屋に四人姉妹が押し込まれ、食事は使用人たちと同じものを与えられた。実際、使用人同然の扱いで、幼い妹たちまで屋敷の雑用係としてこき使われている。

ラーラは十四歳の時、思い切って芸術座のオーディションを受け、端役として採用された。以来、座付きの専属の俳優として、舞台に立っている。

プリマドンナになる夢を叶えるためではない。

(早く一人前になって、妹たちとあの冷たい親戚《しんせき》の屋敷を出て、暮らしたい)

それだけが願いだった。

そのために毎日の歌や踊りの練習には、人一倍の努力を重ね、生来の美貌と歌の才能も相まって、めきめき頭角を現しつつあった。

「ラーラ、あなたにまたお花が届いているわ！」

楽屋口で衣装係の女性が声をかけてきた。手に大きな花束を抱えている。

「まあ、またあなたの『名無しのファン』からよ！」

着替え終わっていたタマラが、ぱっと楽屋口へ行き、花束を手にして戻ってきた。

深紅の薔薇《ばら》の豪華な花束だ。

ラーラは頬を染めて受け取った。

「ほらカードが付いているわ、なんて？」

タマラは興味津々《しんしん》で覗き込む。

ラーラは花束に添えられているカードの手書きの文字を読んだ。

「『私の歌姫へ　いつもあなたを見守っています　名無しのファンより』」

タマラがきゃーっと歓声を上げる。

「ああもう、ラーラったらうらやましい。公演のたびに、毎日お花とカードを贈ってくれるなんて、なんて熱烈なファンなの！　きっと大金持ちの貴族様よ」

「やだもうタマラったら、そんなに騒がないで」

ラーラは花束に顔を埋《うず》め、頬を染める。

初めての舞台の時からずっと、こうやって花束とカードを贈ってくれる人物がいる。

どこの誰かわからないが、ラーラには心の支えだった。

世界のどこかに、自分を認めて励ましてくれる人がいる。

(妹たちと、この名無しさんのためにも、私、頑張ろう)

そう心に強く誓うのだった。

と、突然、楽屋口で大声で名前を呼ぶ者がいた。

「ラーラ！　ラーラ！　すぐに来なさい！」

劇場支配人だ。血相を変えている。

「はい、なんでしょう？」

ラーラは慌てて楽屋口に飛んでいく。

でっぷり太って禿《は》げ上がった支配人は、ラーラの肩を摑《つか》んで切迫した声で言う。

「プリマドンナが風疹《ふうしん》にかかってしまった！　声がまったく出ないのだ。君、すぐにヒロインの衣装に着替えなさい！」

「え？　ええっ？」

突然のことに、頭がついていかない。

「君はヒロインの恋の相手役で、ずっと彼女と一緒だった。パートをすべて知っているだろう？」

「は、はい、ひととおりですけれど……」

「では、代役をやるんだ。もう時間がない。大丈夫、舞台下にプロンプター《助言員》を付けるから」

「そ、そんな……」

狼狽《うろた》えそうになり、はっと手に持っていた花束に気がつく。

（『いつもあなたを見守っています』——今日の舞台にも、名無しさんが来ているかもしれない……）

その人だけは、失望させたくない。

ラーラはキッと顔を上げた。

「わかりました。精一杯務めます！」


五度目のアンコールだった。

観客は総立ちになり、歓声と拍手は鳴り止まない。

「ほら、ラーラ、またアンコールよ！　今度はあなたひとりでご挨拶して！」

舞台袖でタマラが促し、共演者全員がうなずいた。

「はい……」

ラーラは頬を染めて、ゆっくりと舞台中央に出ていった。

公演は大成功だった。

ラーラは見事に代役を務め上げ、観客は彼女の瑞々《みずみず》しい澄んだ歌声に魅了された。

「ブラボー！」

「ブラボー！」

嵐のような拍手を浴び、ラーラは陶然として何度もお辞儀をした。

と、ふいにどっと観客が湧いた。

はっとして顔を上げると、特別桟敷席に座っていた大公が、立ち上がってこちらに拍手をしている。

遠目からでも、身体にぴったり合ったグレイの燕尾服《えんびふく》姿の大公は、抜きん出て長身で美麗な姿だった。

(大公様が立って拍手をくださった……！)

余りの名誉にくらくらと目眩がした。

(ああ、私の名無しさん。この劇場のどこかで見ていてくださってますか？　私の晴れ姿、見てますか？)

鳴り止まぬ拍手の中、ラーラは感激に浸りながら心の中で話しかけていた。

舞台がはね、楽屋で劇場支配人始め仲間たちや劇場の人々からも賛美と祝福を受け、ラーラは夢見心地だった。

劇場支配人が、次の公演にはぜひ主役級で、と言ってくれたことも喜びに拍車をかけた。

夜半過ぎだった。

コートを羽織《はお》り大事に薔薇の花束を抱え、劇場通用口から出てきたラーラを、一台の豪奢《ごうしゃ》な二頭立ての馬車が待ち受けていた。

馬車の横には、上等なお仕着せに身を包んだ初老の御者《ぎょしゃ》が立っていた。

「ラーラ・ケリー様ですね。どうぞお乗りください。主人が、あなた様をお送りしたいとのことです」

ラーラは戸惑った。

今まで、出待ちの贔屓客《ひいききゃく》に握手など求められたことはあったが、こんな立派な馬車で送ろうと申し出られたことは初めてだ。

「いえ……そんな」

いくら今夜の公演で成功したとはいえ、まだ代役の駆け出しの身だ。分不相応だと断ろうとすると、御者が恭しく言い募る。

「陛下《へいか》がぜひに、とのことです」

「陛下……!?」

ぽかんとしていると、馬車の扉が開き、スラックスに包まれた長い足が降りてきた。

「今宵の歌姫を、ぜひ我が馬車でお送りしたい」

背骨に響くような、色っぽいバリトンの声だ。

目の前に、仕立てのよいグレイの燕尾服姿の、長身の青年が立っている。

艶やかな栗色の髪を綺麗に撫で付け、知的な額、切れ長の青い目、高い鼻梁《びりょう》、意思を感じさせる引き締まった唇。彫像のように整った美貌。

「た、大公陛下……!?」

間近で見るバイロン大公の迫力ある美麗な姿に、ラーラは思わずたじたじと後ずさりした。

「どうぞ、御令嬢。乗られよ」

バイロンがすっと片手を差し出した。

固辞するのも無礼な気がして、おそるおそる右手をあずけた。暖かく大きな手のひらの感触に、心臓がどきどきと脈動を速くする。

ラーラを先に馬車に乗せると、バイロンは身軽に乗り込んで対面に座った。

「やってくれ」

彼の一声で、馬車はするすると走り出す。

公室仕様だけに、座席も床も、柔らかなクッションが敷いてあり、乗り心地は素晴らしい。だが、密室に大公と二人きりになったラーラは、緊張に身を強ばらせるばかりだ。

「今宵のあなたの歌は、ほんとうに素晴らしかった」

バイロンの声は深みがあり落ち着いている。

「こ、光栄の極みでございます」

声もしゃちほこばってしまう。

ふいに、くすっと彼が笑いを漏《も》らした。

「私はあなたを取って食いはしないよ。そんなに硬くならなくてよい」

相手が緊張を解きほぐそうとしているのを感じ、ラーラは少し肩の力を抜いた。

「は、はい」

ラーラは気持ちを落ち着けようと、抱えていた薔薇の花束に顔を埋め、そっと香りを吸い込んだ。甘い花の匂いに、心が平静になっていく。

「その花束、よほど大事なものか？」

バイロンの質問に、ラーラはこくりとうなずいた。

「はい――私の最初のファンの方が贈ってくださったのです。私にとって、大切な大切な心の支えなんです」

バイロンは肘掛《ひじか》けにもたれかけ、そっとため息をついた。

「最初の舞台は、街の娘その一だったな」

ラーラは、一瞬、何を言われているかわからなかった。

「君は群舞のみだったが、ひときわ輝いていた」

「え？」

「次の舞台のとき、初めてソロをもらったね。ヒロインの召使《めしつか》いの役だったが、何とも愛らしく初々《ういうい》しい声で、聴き惚れてしまった」

「ええ？」

ラーラは無礼を顧みず、ぽかんとしてバイロンの顔を見つめた。

彼はかすかに長い睫毛を伏せ、記憶を辿っているような遠い目をしている。

『真夏《まなつ》の夜《よ》の夢《ゆめ》』の妖精《ようせい》の役も、君にぴったりだった。君が登場するたび、ぱあっと舞台が明るく輝くようだった」

「あ、あの……あの」

ラーラはただ口をぱくぱくさせた。

ふっと顔を上げたバイロンの目元が、かすかに赤らんでいた。

「花束とメッセージは、ちゃんと届いていたかい？」

「あ、あ、で、では……？」

花束を抱えていた手が震える。

バイロンがうなずいた。

「私が、君のファン第一号だ」

全身がかあっと灼《や》け付くように熱くなり、歓喜と興奮が一度に襲ってくる。

「じゃあ、公演のたびに毎回お花とカードをくださったのは、大公陛下なのですね！」

「そうだ——ずっと身分を隠して、時間が許す限りあの劇場に通っていた。君だけを観に。君の成長を楽しみに——」

余りの晴れがましさに、涙ぐみそうだ。だが、なぜ一国の大公が無名の歌手の卵などに目をかけてくれたのだろう。でも差し出がましくて、尋ねるわけにはいかなかった。

「ララ——そう呼んでもかまわないか？」

「あ、は、はい」

「ララ、また会いたい」

ララはどぎまぎして答える。

「はい、今度から宮殿に特別招待券をお送りするように——」

バイロンが苦笑して言葉を遮った。

「ララ、私は君と二人きりで会いたい、そう言っている」

「わ……たしと？」

身体の芯《しん》に、なにか熱いものが走る。心臓がばくばくして、口から飛び出すかと思うほどだ。

「そうだ。私は休暇で一週間だけこの街に滞在している。まず、食事を一緒にしないか？　夜は君は妹たちの世話があるのだろう？　昼餐《ちゅうさん》がいいだろう」

なぜ大公ともあろう人が、自分の家族構成を知っているのか驚くが、それ以上に食事に招待されたことのほうが、衝撃的だった。

「私ごときが、大公陛下とお食事なんて……」

躊躇《ためら》っている彼女に、バイロンは少し強引に言い募る。

「もう決めた。明日が舞台の楽日《らくび》で、翌日は休みだろう。明後日《あさって》の昼前、君が身を寄せている親戚の屋敷に、馬車を差し向けよう」

有無を言わさぬ口調に、ラーラはただうなずくばかりだ。

もっといろいろ尋ねたいことはあったが、畏《おそ》れ多くて口にできなかった。

遠縁の屋敷前に馬車が到着し、外から御者が扉を開けた。

「どうぞ、御令嬢」

御者の手を借りて馬車を降りるとき、背後からバイロンの声が追いかけてくる。

「お休み、私の歌姫」

刹那《せつな》、胸がきゅんと疼《うず》いた。地面に降り立って振り返ると、閉まる前の扉越しに、バイロンの端整な顔が垣間見えた。

その明るい青い目に、なぜかひどく懐かしいものを感じた。

馬車が走り去っても、ラーラはしばらくぼうっと門前に佇《たたず》んでいた。

まるで夢のようだ。

突然、主役の代役に抜擢されたこと。

舞台が大成功したこと。

そして、大公が『名無しのファン』だったこと。

その大公から、食事に招待されたこと。

（もしかして、なにもかもほんとうに幻《まぼろし》、夢なのかもしれない。シンデレラみたいに、ぱっと魔法が解けてしまうかも）

ラーラは思わず自分の頰っぺたを抓《つね》った。

「痛っ……」

じーんとした痛みに頰を押さえて、思わずにまにましてしまう。

（夢じゃないんだわ！　ああ、こんな幸運が訪れるなんて！）

翌日の楽日、まだ寝込んでいる主演女優の代わりに、再びラーラがヒロインを演じた。

前日、大公までが立って拍手したという評判を聞いて、ぜひラーラの歌を聴こうとする観客で、立ち見が出るほどの満員御礼だった。

その日の舞台も盛況のうちに終え、楽屋に戻ったラーラの元にいつものように『名無しのファン』からの花束とカードが届いていた。

そっとカードを開くと、

『お疲れさま　明日』

と、短いメッセージが書かれている。

もはや送り主が誰だか知っているラーラは、明日のこと思うと期待と緊張で胸が高鳴った。


公演と歌や踊りの練習がない日は、ラーラはいつも世話になっているハリスン家の屋敷の掃除をさせられている。

当日、昼から出かけるため、早朝からせっせと床磨きに精を出した。きちんと掃除を終わらせないと、屋敷の意地悪い女主人のハリスン夫人が、妹たちにご飯を与えないからだ。

「お姉様。あっちの部屋は私たちが掃除するから」

一番年かさの妹ミランダが、バケツを下げてやってくる。その後ろから、小さなヘーゼルとクララもモップを抱えてついてくる。

「あら、みんな、助かるわ」

ラーラが微笑むと、ミランダが悪戯《いたずら》っぽく首を振る。

「だって、お姉様、今日お出かけでしょう？　そろそろ仕度《したく》なさったら？　とっても大事なご用なんでしょう？」

「え？」

「うふふ、だって昨日からお姉様、そわそわしっぱなしなんですもの。きっと素敵な殿方《とのがた》と、デートよって、みんなで話していたのよ」

　おしゃまなミランダが、妹たちと目配せする。

　ラーラは真っ赤になった。

「な、なにをおませなことを言うのっ」

「いいのよ、お姉様」

「そうよ。いつも私たちのために苦労なさっているんだもの。今日くらい、楽しんできて」

　妹たちの言葉に、ラーラは胸に迫るものがあった。

「ありがとう。じゃ、今日だけお願いね」

　腰に巻いていたエプロンを外して、屋根裏部屋に上がろうとすると、ふいにきんきん声に呼び止められた。

「ラーラ、どこにいくんだい。ちょっとお使いにいっておくれ」

　痩《や》せた駱駝《らくだ》のような風貌の、ハリスン夫人が立っていた。

ラーラはどきまぎしながら答える。

「あの……夫人。私、今日の午後は用事があるからって、前から——」

「お前は何様だね。お前たちごくつぶしを養ってやってるのは、誰だと思ってるんだ。いいから、三番街の洗濯屋に洗い物を出しておいで！」

ミランダたちが姉の前に立ちふさがる。

「夫人、今日は私たちが姉の分も働きます。だから、姉は——」

「お黙り！　今すぐ屋敷から追い出されたいかい！」

ラーラは唇を嚙《か》んだ。

「わかりました——」

妹たちを路頭に迷わせるわけにはいかない。

（お許しください。大公陛下。所詮、私には分不相応なことだったんです）

がっくり意気消沈してしまった。

山ほどの洗濯物の入ったバスケットを下げ、ラーラはのろのろと三番街への道を辿っていた。すでに時間は、昼過ぎになろうとしていた。

（大公様は、私が約束をすっぽかしたので、さぞやお怒りだろう。もうお花も贈ってくれないかもしれない——やっぱり、シンデレラの夢物語だったんだわ……）

悔しくて悲しくて、涙が溢《あふ》れそうになる。

洗濯屋から出てくるとすっかり落ち込んでしまい、道端にしゃがみ込んで涙を拭《ぬぐ》った。

畏れ多いとしか考えていなかったはずなのに、バイロンと食事ができなくなったことが、こんなにもショックだとは。自分がどんなにわくわくと彼と再会できるのを待ち焦がれていたか、今さらながらに思い知った。

「おや、歌姫、そんなところでなにをしているのだね？」

しっとりしたバリトンの声が頭から降ってきて、ラーラははっと顔を上げた。

洒落たフロックコートに、シルクハットを目深《まぶか》に被《かぶ》ったバイロンが立っている。

「あ……！」

慌てて涙をごしごし拭い、立ち上がった。

「た、大公――」

「しいっ、それは口にしないで。バイロンと呼んでくれ」

バイロンが長い指を口元に当てて、片目を瞑《つぶ》った。その仕草があまりにチャーミングで、ラーラは心臓を丸ごと持っていかれそうだった。

「バ、バイロン様……」

「約束の場所に赴いたら、君は留守だったので、私からお迎えに上がった」

約束を違《たが》えたことに、申し訳なく恥ずかしく真っ赤になってうつむいた。

「申し訳ありません――どうしても断れない用事を言いつかってしまって」

「うん、それは屋敷の女主人に聞いたよ。彼女から、今日半日は君は自由に行動してよいとの許可を、私が取り付けたから」

「ま……あ」

ララは目を丸くした。

屋敷に公室の馬車が乗り付け、大公が現れた時のハリスン夫人のあっけに取られた顔を思い浮べると、笑いがこみ上げてくる。

「おや笑ったね。うん、君はべそをかいているより、その方がずっといい」

バイロンもにっこり笑う。眩しい笑顔に、くらくらする。

「さあ、グレンドホテルの最上階のレストランに席を取ってあるのだ。行こう」

「グレンドホテル……」

とたんにララは、自分が色気のない普段着なのに気がついた。

ほんとうなら、お迎えが来る前に、一張羅《いっちょうら》のよそ行きドレスに着替えるはずだったのだ。

何の装飾もない簡素なドレスにエプロンを巻いた姿は、そこらのメイドそのもので、洒落た服装をしたスマートなバイロンの前に立つと、あまりに不釣り合いだった。

「あの――バイロン様、グレンドホテルといえば公室御用達《ごようたし》の格式高いホテルです。

私では、ドレスコードで弾《はじ》かれてしまうでしょう。きっと、バイロン様に恥をかかせることになります。私は遠慮させてください」

苦渋の思いで言う。

バイロンは感に堪《た》えたような表情をした。

「君は――そこまで考えてくれて……」

わずかな時間考えを巡らせていたバイロンは、さっとラーラの手を取った。

「では、レストランは無しだ。君と二人でいられるならそこらの屋台でも充分だ」

ぎゅっと手を握ったまま歩道を歩き出したバイロンに、ラーラはあっけに取られて後に付く。

通りの少し先には中央市場があり、そこでは庶民的な立ち食い屋台が沢山並んでいるのだ。

「い、いえ、そんな……大公――バイロン様が、市場になど……」

バイロンは肩越しに振り返って片目を瞑った。

「子どもの頃、お付きのじいにせがんで、一度だけお忍びで街へ遊びに出たことがある。とてもわくわくしたのを覚えている。それに、民の日常生活を知るのは、私には大事な仕事でもあるのだよ」

「あ、でも、もしご身分がばれたら、大騒ぎに……」

「襟《えり》を立てて帽子を目深に被るよ。なに、君は気がつかなかったかもしれないが、秘密護衛官たちが、常に私の周囲に幾人も配置されている。なにかあれば、一瞬で駆けつけてくる」

「まあ――」

さすがに大公ともなれば、考え無しに行動しているわけではないのだ。

公族のような身分の高い人たちは、庶民の生活になど興味がないと思っていた。こんな風に、何のてらいもなく街の中を動き回るバイロンに、新鮮な感動を受けた。

昼時の市場は人でごった返している。

食料から日常品、ちょっとした道具や家具まで、ここでは何でも揃《そろ》っている。

ずらりと並んだ食べ物の屋台の、そこかしこからいい香りが流れてくる。

「うん、活気があっていいね。さて、ラーラはなにが食べたいかな？」

まだ遠慮しているラーラは、

「あの……バイロン様がお好きなものでよろしいです」

と、控え目に答える。

「うんそうか。では、私が選ぼうかな」

バイロンは愉《たの》しげに屋台を一軒一軒覗いていく。

市場の人々は、よもや大公陛下が散策しているとは思いもしないのだろう。金持ちが冷やかしにきたと思ったのか、口々に声をかけてくる。

「そこのハンサムなお兄さん、できたての鳥の唐揚げはいかがかね」

「スパイシーな香りで美味《うま》そうだな」

「だんな、このムール貝のパスタは絶品ですぜ」

「そこの港からの取りたてかね」

バイロンはにこにこしながら、威勢のいい下町言葉に受け答えしている。

最初は臆《おく》していたラーラも、市場の活気とバイロンの気安さに、だんだん緊張がほぐれてきた。遠慮がちにだが、バイロンの横で品物を覗き込んだりした。

「おお、サバサンドがある。これにしよう。ラーラ、食べたことは？」

ラーラは首を振った。

劇場のわずかな給金のほとんどを妹たちと屋敷を出て暮らすための資金として貯めているラーラには、買い食いをしたりする余裕はなかったのだ。いつも、ハリスンの屋敷で給される、パンとスープのみの貧しい食事に甘んじていた。

「ふたつ、くれ」

バイロンが指を二本立て、屋台の主人に懐《ふところ》から金貨を出して払おうとした。屋台の主人がぽかんと口を開けた。

「おいおいお兄さん、一グロッシュ金貨じゃないか。それ一枚で、うちのサバサンドが屋台ごと買い占められるよ。お釣りが出やしないよ」

バイロンがちょっと困った顔をした。

「そうなのか。私は持ち合わせがこれしかない」

「あの……私が払いますから」

ラーラは慌てて自分の財布から小銭を出した。

新聞紙でくるんだサババサンドを受け取ったバイロンは、わずかに目元を染めてラーラに言う。

「すまない。君に借金する形になってしまった。後で必ず返す」

ラーラはくすくすと笑いがこみ上げてきた。

一国の大公が、両手にサバサンドの包みを持って恐縮している図は、なんともユーモラスでかつ可愛《かわい》らしかった。

「いいですわ、私が奢《おご》ります。バイロン様に奢れるなんて、一生に一度の経験ですもの」

バイロンが愉しげに微笑んだ。

この微笑みを見られるのなら、手持ちの小銭を全部つぎ込んでもかまわない、とラーラは胸をときめかせて思った。

二人は市場の真ん中にある広場のベンチに腰を下ろし、食事をした。

炭火で香ばしく焼いたサバをレタスとタマネギで包みレモンを絞り、焼きたての白パンに挟んだサンドは、絶品だった。

「美味しい！　こんな美味しいもの、初めて食べました！」

ラーラは目を丸くし、夢中でかぶりついた。

朝からろくに食事をしていないので、お腹《なか》がぺこぺこだったのだ。

せっせと食べているラーラを、バイロンが微笑ましく眺めているのにも気がつかないほどだった。

「ラーラ、口にソースがついてる」

言われて、あ、と顔を上げると、バイロンの節《ふし》の高い長い指が伸びてきて、口元をそっと拭った。彼は指についたソースを、何の躊躇いもなくぺろりと舐《な》めた。

男の指先の感触に、心臓がどきんと跳ねた。

胸の奥がきゅんと締め付けられ、にわかに食欲が失《う》せてしまう。

「いやだ……私ったら、はしたない」

耳朶を赤くしてうつむいてしまう。

「どうした？　もうお腹いっぱいなのか？」

バイロンが、気遣わしげに覗き込んでくる。

彼の息づかいや体温を感じ、いたたまれないほど身体が熱くなってくる。

「あの……ごめんなさい。せっかく高級なレストランを予約していただいたのに……私のせいで」

バイロンはベンチの背にもたれ、豪快にサバサンドを頬張りながら言う。

「レストランにはいつでも行けるさ。私にしてみれば、逆に思いもかけないひとときだ。このサバサンドは、まだ父上がご存命のとき地方の視察にお伴して、ここの市場を巡った父が味見をしたいと所望して、一緒に食べたんだ。あの時の味が忘れられなくて。今日、ここに来れたことがとても嬉しいよ」

食べ終わったバイロンは、まっすぐラーラを見つめた。

「とりわけ、私の歌姫と一緒だなんて」

澄んだ青い瞳に見据えられ、脈動が速まった。

と、足音をしのばせ、ひとりの物腰の柔らかな初老の紳士が近づいてきた。

「あの——お楽しみのところ、誠に恐縮ですが。陛下、そろそろホテルにお戻りにならないと、午後からの、市長を招いてのレセプションに間に合いません」

「じいか——わかっておる」

バイロンの声が、さっと威厳に満ちた口調に変わった。

バイロンは身体をラーラに向けると、彼女の髪にそっと触れ、名残惜《なごりお》しそうに言った。

「残念ながら、私はもう行かねば。ラーラ――また誘ってもよいか？」

ラーラは動転して声を失う。

よもや、また会いたいと言われるなんて――。

「いえ、そんな……畏れ多いです」

内心は嬉しくて仕方なかったが、バイロンの真意をはかりかねていた。

「今度こそ、グレンドホテルのレストランでの食事に招待しよう。明後日、午後六時に馬車を差し向ける。いいか？」

有無をいわさぬ強引さだ。

思わずこくんとうなずくと、彼が安堵《あんど》したように軽く息を吐いた。

「では決まりだ。帰りはじいに送らせる」

バイロンが立ち上がると、まるでどこからか見張っていたかのように、一台の馬車が広場に入ってきて側に横付けに停まった。

素早く乗り込んだバイロンは、窓から顔を出し、唇に指を当て口づけを投げかけた。

刹那、心臓を射貫かれたような痛みが走った。

馬車が走り去っても、ラーラは呆然《ぼうぜん》としてしばらく立ち上がれなかった。

「御令嬢――」

側に佇んでいたバイロンの侍従が、遠慮がちに声をかけてくる。

「ああごめんなさい。ぼんやりしてしまって……帰ります」

しばらくは二人で無言で歩道を歩いていたが、ララは思い切って侍従に声をかけた。

「あ、あの、お付きの方……」

「グレン・ダシャンと申します。グレンで、かまいませんよ」

「あの、グレンさん――大公陛下はどういうおつもりなのでしょう？　私なんかに――」

グレンは言葉を選ぶように、ゆっくりと答えた。

「御令嬢は、ただ陛下にお付き合いくだされればよいのですよ」

「でも――」

「私は陛下が公太子であられる頃から、ずっとお側付きの侍従としてお仕えして参りました――陛下は子どもの頃は身体が弱く、ベッドで横になっておられる時間も長《なご》うございました。療養のかいがあり、今ではすっかりご健勝でおられますが、あのお方には、自由に楽しむ時代が余りにもなかったのです。早くに前大公陛下がご逝去なされ、ずっと一国の主《あるじ》としての責任を背負ってこられ、それはそれは責務に忠実でおられます――しかし」

グレンの目が、まるで実の父親のように愛《いと》おしげに細められた。

「陛下はまだ二十五歳――普通のご身分であれば、青春を謳歌《おうか》する年頃です。あのお方が若者らしくお笑いになるのを、私は今日、初めて拝見しました」

グレンの話はラーラの胸に迫った。

確かに市場を冷やかして回っていたバイロンの姿は、大公という肩書きを外した、一好青年だった。

「ですから、御令嬢さえかまわなければ、どうかこれからも陛下のお心を和ませてあげてください」

グレンが丁重に一礼したので、ラーラは恐縮してしまう。

「そんな――私なんか……お役に立てそうにありません」

顔を上げたグレンは、少し意味深な表情をした。

「そんなことはございません――いずれ……」

そのとき、ちょうどハリソンの屋敷の前に到着した。

「それでは、私は失礼します。明後日、私が馬車でお迎えに参ります」

再び一礼すると、グレンは立ち去っていった。

ラーラは門前でしばらく佇んでいた。

なんだか白昼夢を見ていたようだ。

バイロンに若者らしい青春がなかったという話は、そのままラーラにも当てはまることだった。

七歳の時に両親を亡くし、以来ずっとハリスン家で虐げられ、妹たちを守りながら必死に劇場で歌ってきた。

声をかけてくる男性も数多いたが、今まで心揺さぶられる人などいなかった。

それなのに。

バイロンに巡り会ってから、ずっと気持ちがふわふわ落ち着かない。

彼の声、息づかい、仕草、ひとつひとつに心がざわついてしまう。

(なにかしら……このせつないような愉しいような気持ち……)

その気持ちの正体は、よくわからなかった。

玄関ロビーに入ると、階段の前でハリスン夫人が待ち受けるように立っていた。

ラーラは、あっと気がつく。

(いけない！　洗濯物を出しにいったまま、バイロン様と出かけてしまったんだわ)

夫人の逆鱗《げきりん》に触れると、妹たちにまで罰が下ってしまう。

慌てて夫人の前に進み、膝《ひざ》を折った。

「も、申し訳ありません！　よんどころない事情で——帰りが遅くなりました」

必死で頭を下げていると、ハリスン夫人が信じられないような猫なで声を出した。

「まあまあ、ラーラったら、かまわないのよ。お立ちなさいな。あなただって年頃の娘さんですもの、楽しみたい時もあるわよねぇ」

ラーラは目をぱちくりして顔を上げた。

ハリスン夫人は、顔一面にへりくだった笑顔を張り付けている。

ラーラは薄気味悪い思いで立ち上がった。

ハリスン夫人は、ラーラに媚《こ》びるように顔を近づける。

「あなた、大公様に覚えがめでたいそうねぇ。うちの侯爵家は、まだ宮殿に出入りが許されていないのよ。ねぇ、あなたから大公様に口添えしてくれないかしら？」

そういえばバイロンが、ここへ迎えに来た時に、夫人になにか話をつけたようなことを言っていた。

「そうそう、今日からあなたたちのお部屋、奥の客間に移したから。食事も、私たちと同じテーブルにしましょうねぇ」

あまりにわかりやすいハリスン夫人の手のひら返しに、ラーラは呆《あき》れながらも妹たちのためには、ほっと胸を撫で下ろした。

奥の客間に行くと、妹たちがはしゃぎながら出迎えた。

「お帰りなさい！　お姉様、ねえねえ、急に部屋替えしてくれたの」

「見て、ひとりにひとつベッドがあるのよ」

「お夕飯は、ちゃんとメインディッシュがあるんですって」

嬉しそうな妹たちの様子に、ラーラはバイロンに心から感謝した。

その日の夜、宮殿から様々な贈り物がラーラの元に届けられた。

ドレス、アクセサリーを始め、ハンカチや食器、お菓子まである。

山のように玄関に積み上げられる贈り物に、ラーラも妹たちも唖然《あぜん》とした。

ハリスン夫人は我がことのように興奮し、ラーラたちは雑用係から解放され、扱いは賓客《ひんきゃく》並《な》みになったのである。

ラーラは自分が浮き足立っているのを感じていた。

明後日、バイロンに会えると思うと、ろくに眠れなかった。

自分でもおかしいくらい、気持ちが不安定だった。

会いたくて会いたくて仕方ないのに、会うのが怖くてびくびくしていた。

自分の心のありようがわからなかった。

当日、ラーラはバイロンから贈られたドレスやアクセサリーに身を包み、迎えの馬車を待った。

「ラーラさん、お迎えが来ましたよ」

今やすっかり敬語になったハリスン夫人が、部屋の外から声をかける。

「はい」

ラーラは少し緊張して、部屋を出た。

舞台衣装以外、かしこまった服装をするのは久しぶりだった。

七歳までは、両親に厳しくテーブルマナーを仕付けられていたが、はたして高級レストランできちんと振る舞えるか、不安だ。

玄関ホールへ出ていくと、燕尾服に身を包んだグレンが扉の側で待っていた。

現れたラーラを見ると、はっと目の色を変えたので、どきんとする。

「おお、これは――」

「あ、あの……どこかおかしいでしょうか？　もし服装に不備がありましたら、おっしゃってください。バイロン様に恥をかかせるわけにはいきませんから――」

何着も贈られたドレスの中から、落ち着いた色合いの象牙色《ぞうげいろ》のイブニングドレスを選んだ。

蜂蜜色《はちみついろ》の金髪とミルクを溶かし込んだような白い肌を、よく引き立てている。

袖無しのドレスなので、白貂《しろてん》のケープをまとった。

化粧は控え目にし、口紅だけ少し華やかに深紅をさしてみた。

「いえいえ、とんでもございません。非の打ちどころがありませんよ」

グレンが感嘆した声で言う。

ラーラはほっとして、含羞んだ笑みを浮かべた。

馬車は公室の紋章《もんしょう》を入れた特注品で、前後に護衛の騎馬兵《きばへい》が付き従っている。

まるで公室扱いで、ラーラは尻込《しりご》みしそうになる。

だが招待されたからには、自分だって侯爵家の娘だ。堂々と振る舞おうと自分を励ました。

メインストリートの一等地に、グレンドホテルは建っている。

公室や外国からの賓客が利用する、由緒正しい高級ホテルだ。

ラーラの馬車が玄関口に横付けされると、大勢のドアボーイとメイドたちがずらりと並んで出迎えてくる。

グレンが扉を開けて、馬車から降りるのを手伝う。

「ようこそ、当ホテルへ」

迎えた従業員たちが、いっせいに最敬礼するので、ラーラはどぎまぎした。

最上階のレストランまでは、賓客専用のエレベータに乗った。

エレベータの扉が開くと、そこはもうレストランの中だ。

中央の丸いテーブルに、燕尾服姿のバイロンが座っている他は、客はひとりもいない。

「ようこそおいでくださいました。陛下がお待ちです」

レストランの支配人が恭しく出迎え、ケープを受け取った。

ラーラの到着に気がついたバイロンが、席を立ってこちらに進んでくる。

遠目で彼を見ただけで、飛びつきたいような逃げたいような、矛盾した感情に襲われた。

「来たね、私の歌姫。待ちわびて――」

バイロンが言葉を呑んだ。

ラーラをまじまじと見ている。

その視線が怖くて恥ずかしくて、うつむいてしまった。

「なんと美しい――君の舞台衣装姿は何度も観ているが、こうして目の前に正装の君がいると、一段と輝いて見えるよ。こんなに気品がある淑女《しゅくじょ》は、どこを探してもいない」

手放しで褒められて、少しほっとし、嬉しくもこそばゆい。

「今日はご招待にあずかりまして……」

礼儀に則《のっと》って一礼すると、バイロンが目を細めた。

「ああ、君はなにからなにまで優雅だ。今宵は君と私の貸し切りだ。さあ、席にエスコートさせてくれ」

バイロンが手を差し出し、そっとそこに自分の手を置くと、それだけで体温がかあっと上がる気がした。

椅子《いす》を引いてもらい着席した。真向かいにバイロンが座ると心臓がどきどきし、胸が苦しくなって食事どころでなくなった。

黄金色のシャンパンで乾杯し、極上のフルコースが振る舞われたが、正直ララは何を食べているのか、味がまったくわからなかった。

ただバイロンの顔に見惚れ、会話にうなずき、マナーに外れないように振る舞うのが精一杯だった。

バイロンはララの反応が薄いことに気がついたらしく、次第に気難しい表情になる。それがまた、ララの緊張に拍車をかけた。

食後のコーヒーになると、ふいにバイロンが支配人に合図した。

「私たちはラウンジに移動する。コーヒーはそちらへ運んでくれ」

「かしこまりました」

バイロンはナプキンを置くと、おもむろに立ち上がった。

「ララ、隣に展望のよいラウンジがある。そこへ行こう」

ララはただ、うなずいた。

バイロンに手を取られ、ぎくしゃくとラウンジへ入った。

ホテルの最上階のラウンジは、メインストリートを一望でき、宝石を散りばめたような街の灯《あか》りと天上一面に瞬く星のコントラストが見事だった。

バイロンは天井まである大きな窓に近づき、黙って夜景を眺めている。

ラーラは気後れして、少し後ろに佇んでいた。

「どうした？　こちらへおいで」

バイロンが肩越しに振り返って呼ぶ。

おずおずと窓際に寄り、バイロンの横に立った。

彼は腕組みし、少し眉《まゆ》をひそめている。

「食事は、美味しくなかったか？」

ぼそりとバイロンがつぶやく。

「え？　いいえ……」

ラーラはどきんとする。

バイロンが小さくため息をついた。

「この間の市場での君は、生き生きしてほんとうに愉しそうだった。今宵は、私のなにがいけなかったのか。なにか気に障《さわ》ったのなら、言ってくれ」

ラーラは狼狽えた。

ぎくしゃくした態度を取ったのはこちらの方なのに、バイロンは自分に非があるように受け取ったのか。

「いいえ、いいえ。陛下はなにも悪くございません。私が――私がいたらないせいで……」

「君に嫌われたくない」

「え？」

ラーラは混乱する。

大きな窓硝子《まどガラス》に、バイロンの端整な顔が映っている。彼はまっすぐこちらを見ている。視線が頬に灼け付くように感じ、バイロンの方を見る勇気がない。

「君をもっと楽しませたい。君を笑わせたい。君に——好かれたい」

バイロンの言葉が途切れた。

ラーラは壊れそうなくらい胸が高鳴り、息が苦しくなる。

「ち、違うんです……私、私、陛下の前に出ると、なんだかすごくどきどきして、落ち着かなくて、どうしていいかわからなくなって……け、けっして陛下が嫌いだとか、そういうことでは……」

「では——好きか？」

バイロンが完全にこちらを向いて、ひたと視線を置いているのがありありとわかる。

ラーラは頬が真っ赤に火照《ほて》ってしまい、頭がくらくらした。

「こちらを向いてくれ、ラーラ」

バイロンが静かに言う。

ラーラは力を振り絞って、顔を向ける。バイロンの顔をまともに見たら、心臓が破裂してしまいそうで、目だけは伏せていた。

「私を見て」

ラーラはもはや涙目で、彼を見上げる。バイロンの瞳に、せつない炎が燃えてる。

ラーラの心はさらに掻き乱される。

バイロンは少し震える声で言う。

「私は、君が好きだ」

頭から火が噴き出したようで、その場で気絶しそうになった。

「そ、そんな……陛下、そんな……こと」

足ががくがくしている。

「君は？」

ラーラは追いつめられ、唇を震わせた。

ふいに熱い涙がどっと溢れ、止めようもなく流れ落ちた。

「ひどい……わ」

バイロンが目をしばたたく。

ラーラはぽろぽろ珠《たま》のような涙をこぼしながら、声を振り絞った。

「そんなこと、おっしゃるの、ひどいです……わ、私は、身寄りのない落ちぶれた侯爵家の娘なのに……大公陛下にそんなこと、言えない……言えるわけ、ないじゃないですか！」

これ以上、もはやバイロンと一緒にいるのに耐えられなかった。足をもつれさせながら、彼の前から立ち去ろうとした。

「ラーラ」

ぐいっと手首を掴まれ、引き寄せられた。

あ、と思った時には、バイロンの大きな胸の中に抱きしめられていた。

男の体温とシトラス系のオーデコロンの香りに、くらくら目眩がする。

次の瞬間、強く唇を塞《ふさ》がれていた。

「ん、んぅっ」

バイロンの唇の熱く柔らかい感触に、身を強ばらせ息を詰めた。異性に口づけされるのは初めてで、しかも相手がバイロンで、ラーラはどうしていいかわからない。

バイロンの大きな手のひらが後頭部を抱え、さらに強く唇を押し付けてくる。

「ふ、ぅ、んんっ」

骨が折れそうなくらい強く抱きしめられ、身動きもできないまま、何度も何度も唇を覆われる。呼吸を忘れてしまい、頭がぼんやりしてくる。

口づけというものがこんなにも情熱的だとは知らなかった。

強ばっていた身体の力が次第に抜け、バイロンに抱えられていなければ、そのまま床に頽《くずお》れそうだ。

「は、はぁっ……」

息苦しくて呼吸をしようと唇を開くと、なにかぬるりとしたものが口腔《こうこう》に侵入してきた。それが彼の舌だと気がついた時には、きつく舌を搦《から》めとられ、強く吸い上げられていた。

「んぅ、や、ぐ……っ」

刹那、全身に甘い痺《しび》れが走り、意識が真っ白になった。

「ふぁ、や、は、はぁ……んんっ」

抵抗する術《すべ》も知らず、繰り返し舌を吸い上げられ、歯列や歯茎、口蓋《こうがい》までくまなく貪《むさぼ》られた。溢れた唾液すら、淫《みだ》らな音を立てて啜《すす》り上げられる。

(あ、あぁ、力が……私、溶けてしまう……)

延々と深い口づけを仕掛けられ、ラーラは湧き上がる心地好さにうっとりしてしまう。

「ん、は、んん、ふぁん……」

いつしか甘い鼻声を漏らし、なすがままに口腔を舐《ねぶ》られていた。

自分が今どこにいてなにをしているのかすら意識できない。

ただただ、激しい口づけのもたらす快感に押し流された。

「……ああ……」

長い長い口づけが終わり、ようようバイロンの唇が離れた時には、ラーラはぐったりとしたまま男の腕に身をあずけていた。

身体の芯が異様に熱くなり、今まで知らない疼きが湧き上がっている。

「ラーラ――可愛い私の歌姫」

バイロンは熱っぽい声でささやきながら、ラーラの火照った額や頬に口づけを繰り返し、彼女の目尻に溜《た》まった涙を吸い上げた。

「……陛下……」

ラーラはまだ朦朧《もうろう》として、バイロンを見上げる。

「バイロンと呼んでくれ」

「バイロン様……」

息も絶え絶えになり、思考がうまくまとまらない。

「君が、好きだ」

バイロンの青い瞳は、くるおしいほど情熱的に燃え上がっている。

ラーラはもはや抗《あらが》えなかった。

「私も……好き……」

口に出すと、今まで自分を混乱させてきた感情の正体がはっきりとわかった。

バイロンが好きだ。

どうしようもないくらい、恋しているのだ。

『名無しのファン』の頃から、ずっと大事に胸に抱いていた淡い想い。

その正体がバイロンだとわかり、憧れは一気に恋心に昇華した。

だが、相手は一国の大公陛下。

好きになってはいけない、恋してはいけないと、心の中で必死に押しとどめようとしてきたのだ。

だが、恋する相手からひたむきな告白を受けては、もはやラーラにはなす術はなかった。

「ラーラ――」

バイロンがぎゅっと抱きしめてくる。

「嬉しいよ――こんなに幸せな気持ちになったことは、ない」

「バイロン様……」

再び端整な顔が寄せられ、唇を覆ってくる。

「んふ、ん、んんっ」

今度は自分からおずおずと舌を差し出した。

熱い舌同士が触れ合い、悩ましく絡み合う。くちゅくちゅと淫猥《いんわい》な音を立て、互いの舌を味わい尽くす。

「ん……はぁ、は、ん、ふ、ぅ」

最初の口づけで昂《たかぶ》った身体は、さらに深い口づけに溺《おぼ》れていく。

背中から甘い痺れが何度も駆け抜け、経験したことのない快感の波に意識がさらわれていく。

「は……ふ、ぁ、あ、はぁん」

なにか淫らな欲望が燃え上がり、下腹部の奥がジーンと痺れ、意識が遠のく。

どこか高いところへ追いつめられていく感じ。

「んん、んーっ、や、ふ、んんっ」

何かに押し流され、意識が失われそうな恐怖に、ラーラは身を震わせた。

その瞬間、激しい音を立てて痛いほどに強く舌を吸い上げられた。

「っ、んんん、んんんぅ、んぅううっ」

瞼《まぶた》の裏で愉悦の火花が弾け、ラーラは全身をぶるっと痙攣《けいれん》させ、直後に弛緩《しかん》させた。

ちゅっと音を立てて唇が離れた。

互いの唇の間に唾液の糸が長く尾を引く。

「……はぁ、は、はっ、はあ……」

心臓が早鐘を打ち、なにか太腿《ふともも》の間が淫らに濡《ぬ》れている感覚がした。

「私のララ――」

バイロンの低い声にすら、甘く感じてしまう。

せつないほど心地好く、恐ろしいほど禁忌を犯している気がした。

(ああ、どうしよう――バイロン様が好きで、好きすぎて……私、これからどうしたらいいの?)

おおいなる悦《よろこ》びと恐れの間を、感情は大きく揺れ動いていた。


二人は口づけの余韻に浸りながら、寄り添って夜景を眺めていた。

長いこと、無言で互いの鼓動と息づかいだけを感じていた。

「――私の休暇は明日で終わりだ。首都に戻らねばならぬ」

バイロンが気怠《けだる》げに口を開いた。

ララははっと我に返った。

そうだ、相手は一国を治める大公陛下なのだ。ずっとこの街にいる人ではないのだ。

「明日も、会いたい――海を見に行かないか?」

「……はい」

うなずいたものの、胸が切り裂かれるように痛んだ。

(明日で、私の夢のような恋は終わるんだわ)

たった数日の恋。

初めて疼くような熱い想いを知ったと思ったら、相手は雲の上の人だった。

今さらながらに、それに気がつく。

(でも、それでもいいの——灰色だった私の青春に、突然舞い降りてきた極彩色の幸せを大事にしたい)

心からそう思った。

(明日、一日を一生の想い出にしよう)


翌日は晴天で、春を思わせる暖かな陽気だった。

ラーラはバイロンの迎えの馬車に乗り、すぐ近くの海辺へ出かけた。

バイロンは白シャツにキュロット、ラーラは広がりを抑えた動きやすい白いドレスという、示し合わせたようにお揃いのラフな服装だった。

二人は手を繋《つな》いで砂浜を散歩し、靴を脱いで浅瀬で足を濡らした。

内海は凪いで穏やかだった。

真っ白なカモメが、のんびり空を舞っている。

「首都は国の中心部で、海がないからね。こんなふうに海を満喫できることは、めったにないよ」

海風に柔らかな栗色の髪をなびかせ、穏やかに微笑むバイロンの姿を、ラーラは万感の思いで見つめていた。

(忘れないわ。なにもかも。この潮の香り、バイロン様の笑顔、頬を撫でる風の感触まで、すべてをしっかりと記憶に刻んでおこう)

「ラーラ、見ててごらん」

バイロンが砂浜の石を拾い、大きく振りかぶって海面に投げた。

ひゅんと音を立て空気を切った石は、水面を何度も跳ねて遠くまで飛んでいく。

「まあ、すごいです！　あんなに跳ねるものなのですね」

せつない気持ちを抑え、ラーラははしゃいでみせた。

自分も小さな石を手に持つと、まねをして投げてみた。

「えいっ」

ぽちゃんとすぐ手元に石が落ち、二人は顔を見合わせて大笑いした。

「ははは、君はとんでもなく非力だね」

「もういやだ、恥ずかしいです」

笑いが止まらず、くすくす肩を震わせた。

笑いすぎて涙が出てしまい、ラーラは白い指先で拭いながら、上気した顔をバイロンに向ける。

ふと、バイロンが真顔になる。

「ラーラ」

彼はぎゅっと両手を握ってきた。

ラーラはまだ笑いの残った顔で彼を見上げた。

「結婚しよう」

瞬間、時間が止まったかと思った。

波の音も、風の動きも、海鳥の声も、自分の鼓動すら、なにもかも消滅した。

「――」

咽喉が張り付いて、声が出ない。

バイロンは砂まみれになるのもかまわず、砂浜に膝を折った。

ラーラの両手を握ったまま、真摯《しんし》な眼差《まなざ》しで見つめてくる。

「結婚してほしい」

ごくりと生唾を呑み込み、ラーラは声を振り絞った。

「な、なにをおっしゃっているのか、わかりません」

バイロンは語気を強める。

「私は本気だ。君以外、妻になるひとは考えられない」

「わた――」

ラーラがなにか言おうとするのを押しとどめるように、彼は続ける。

「愛している」

耳朶の奥がきーんとした。

止まっていた時間が、いきなり動いた。

心臓がばくばく破裂しそうだ。

頭がくらくらして、その場に倒れるかと思った。

こんなことがあるだろうか。今、大公陛下からプロポーズされたのだ。

「君は？　君の気持ちは？」

バイロンの声は切迫した響きを帯びている。

「私……私は……」

どう答えていいのかわからない。

目も眩《くら》むような歓喜と、押し潰されそうな不安が一度に襲ってきて、思考がまとまらない。

「イエスと言ってくれ。それ以外の答えはいらない。イエスだ」

何と強引な。

大公陛下らしい。

せつなく愛おしい想いが腹の底からこみ上げ、ラーラはぽろぽろと涙を流した。

「私……バイロン様が好きです……愛しています」

「ラーラ」

バイロンの表情がぱっと明るくなる。

ラーラはしかし首を横に振る。

「でも……私はあなたにふさわしくない……結婚なんて、できっこない」

「ラーラ！」

バイロンは感情のこもった声を出す。

「私には君が必要だ。君と共に生きたい。君のことは――」

ゆらりとバイロンが立ち上がる。

上背《うわぜい》のある彼の姿は、威厳があり頼もしい。

「私が守る。必ず守る。どんな時でも、私は君の味方だ」

味方――。

その言葉は心の奥底にずしんと響いた。

両親を亡くしてから、妹たちを守るため、世間と必死で戦って生きてきた。

ずっと孤独だった。

誰もラーラを守ってはくれなかった。

頽れそうな心を、必死で叱咤《しった》してきた。

そしてようやく、心から守ってくれる人に巡り会えた。

「バイロン様……」

バイロンの口調は穏やかになった。

「すまぬ、私の気持ちを押し付けるつもりはなかった。ラーラ、君の心のままでいい。答えておくれ」

ラーラはぎゅっとバイロンに抱きついた。

背伸びして、逞《たくま》しい首に両手を回した。

「イエスです。イエスですとも！」

「ああ、ラーラ！」

さっとバイロンが腰を抱えて抱き上げた。

二人のおでこがぴったりとくっついた。

もう、互いの瞳しか見えない。

「ほんとうに？」

「ほんとうに」

「大公の妻になると」

「なります」

「ありがとう！　私の人生で最高の瞬間だ」

「私こそ……こんな幸せ、嘘《うそ》みたいで」

再び涙が溢れてくる。

バイロンはその涙を唇に受け、頬に何度も口づけしてくる。

「これから、もっと幸せにしてやる」

「嬉しい……」

そっと唇を覆われる。自分の涙の味がした。

「ん……」

始めは撫でるように何度も触れ、それから舌が歯列を割って口中に侵入してくる。

自ら舌を差し出し、きつく絡め合い吸い合う。

「ふ、ん、ふぅ……ん」

舌先が甘く痺れ、身体の奥の方から熱い幸福感が溢れてきて、指先から髪の毛の一本一本まで満たしていくようだ。

深く、ときに浅く、二人は想いの丈《たけ》を伝え合うように口づけを繰り返す。

潮が満ちてきて、二人の足元をひたひたと濡らした。

ふっと顔を離すと、再びきつく抱きしめ合う。

ラーラは情熱的な口づけで、すっかり身体の力が抜けてしまい、バイロンの腕に支えられるように抱かれていた。

「大公の妻になるということが、どんなに大変な責務を背負うことになるか、私は知っている。君はそれでも、結婚してくれるか？」

ラーラは彼の胸に顔を埋め、こくんとうなずいた。

「今までずっと、ひとりで人生に立ち向かっていたんです。バイロン様と二人なら、私、もっと強くなれると思う。覚悟はしています」

「ありがとう――ラーラ」

バイロンが優しく髪や背中を撫でてくれる。

逞しく温かいこの腕の中にいることで、新たな人生に向かう勇気のようなものがむくむくと湧き上がってくる。

バイロンはなだらかな水平線に顔を向け、きっぱりした声を出した。

「この青き海にかけて、私は君を生涯かけて愛することを誓う」

ラーラも遥《はる》かな海の果てを見つめ、厳粛な気持ちで言う。

「私も誓います。この先なにがあろうと、バイロン様を信じてついていくと」

二人はぴったり抱き合ったまま、いつまでもそこに佇んでいた。

第二章　大公の婚約者《フィアンセ》

翌日、ラーラはバイロンの婚約者として、共に首都へ向かうことになった。

いずれ正式に結婚したら宮殿に迎え入れるということで、妹たちとは慌ただしい別れになった。

妹たちは離別を悲しみながらも、長年自分たちのために苦労してきたラーラの幸せを、心から祝福した。ハリスン夫人はすっかりラーラに媚びへつらうようになっていて、妹たちを託すのには心配はなかった。

長年世話になった芸術座にも挨拶にいった。

突然辞めることになったラーラを、劇場支配人も同僚たちも惜しみつつも、彼女を祝福してくれた。

特に仲良しのタマラは、わあわあ泣いてラーラを抱きしめた。

「ああ、ほんとうにあなたはシンデレラになったのね。どうか幸せに、どうか私たちを忘れないで！　ラーラ、幸せになってね！」

馴染《なじ》みある家族や友人たちと惜別し、ただひとり見知らぬ首都へ行くことに、ララは改めて武者震いする思いだった。

(私みたいな田舎娘《いなかむすめ》が、果たして宮殿でうまくやっていけるのだろうか)

覚悟を決めていたとはいえ、不安は拭えなかった。

「大丈夫だララ。君は誰よりも美しく賢く、そして努力家だ。私が全力で君をサポートするから、自信を持つんだ」

首都へ向かう馬車の中で、バイロンはずっとララの手を握り、励ましの言葉をささやいてくれた。

(そうよ、自信を持とう。バイロン様に選ばれた私を――)

ララはそう自分に言い聞かせた。

早朝出立し、首都には夕方頃到着した。

「ララ、見てごらん。首都に入ったよ」

バイロンの声に、そっと窓のカーテンを開けて覗いてみた。

首都は白い石造りの城壁に囲まれており、東西南北に開かれた城門から中へ入ると、メインストリートを隔てて、古風な建造物の立ち並ぶ旧市街と整備された新市街とに分かれる。

「ま……あ!」

馬車が何台も通れる広いメインストリートの沿道には、特徴的な美しいオレンジ色の瓦屋根《かわらやね》の建物がずらりと並び、商店が軒《のき》を連ねて活気を呈している。行き交う人々は、貴族から商人まで皆が洒落た服装をしており、都心の豊かさが窺《うかが》えた。

旧市街の先には、高い時計台が立つ大きな広場があり、噴水やオープンカフェは都民の憩《いこ》いの場所だという。

バイロンから街の説明を聞かされながら、ラーラは改めて都会へ来たのだと思う。今まで自分が住んでいた地方都市など、比べ物にならないくらいの大きさと活気だ。

「そら、我が城が見えてきたぞ」

バイロンが指差す方向を見ると、首都を見下ろす形の小高い丘の上に、三つの尖塔《せんとう》に囲まれた美しい白亜の城が立っていた。

青空に羽ばたこうとする白鳥のように華麗な城だ。

「あそこが――」

ラーラはにわかに緊張感が高まってくるのを感じた。

馬車が丘を登っていくと、厳《いか》めしい鉄柵の城門が開き、宮殿の正門前に到着した。

「さあ着いたぞ。ラーラ、おいで」

さきに馬車を降りたバイロンが、手を貸してくれる。

ゆっくりと馬車を降りたラーラは、左右にずらりと並んでいるオレンジ色の制服の衛兵たちと、正門前に勢揃いしている公室や重臣たちの姿に重圧感をひしひしと感じた。

「母上と弟が出迎えにきている。紹介しよう」

バイロンが腕を取って、正門前に進んでいく。

初めて公室の方々に顔を合わせるのだと思うと、にわかに足が震えてくる。

出迎えに出ている重臣たちの中央に、大勢の侍女たちを従えた中年の貴婦人がいた。髪をすっぽり覆う飾り結びの付いたモブキャップを被り、古風な扇形のレース襟の重々しいドレス姿の恰幅《かっぷく》のよいその女性こそが、皇太后のダイアナだろう。

隣に、バイロンによく似た明るい茶髪の青年が立ってこちらを見ている。彼が大公弟らしい。

「大公陛下、よくお戻りになられた」

皇太后が威厳のある声を出し、手入れの行き届いた白い手を差し出す。

「母上、ただ今帰城いたしました」

バイロンが膝を折って、恭しくその手に口づけする。

「――で、それが、知らせのあった御令嬢か？」

皇太后は、じろりと鋭い目つきでラーラを一瞥《いちべつ》した。

ラーラは慌てて最敬礼した。

「そうです。ラーラ・ケリー侯爵令嬢です。私の――」

バイロンは語気に力を込めた。

「婚約者です、母上」

バイロンは、頭を下げたままのラーラを促す。

「ラーラ、母上にご挨拶を」

ラーラは慌てて口上を述べようとした。

「お初にお目にかかります。ラーラ・ケリーと――」

「妾《わらわ》は少し頭が痛い、疲れた」

ふいに皇太后はラーラの言葉を断ち切った。

「部屋に戻る。後は大公弟のジェラールに任せる」

そう言うや否や、皇太后はくるりと背中を向け、お付きの侍女たちを引き連れてさっさと城の中に入ってしまった。

「母上――」

バイロンが声をかけても、皇太后は見向きもしなかった。

「――」

挨拶をしかけたままのラーラは、耳朶まで真っ赤に染め、身動きできなかった。

「ラーラ嬢と申されるか。あなたが兄上のお心を射止めた方ですか。私は大公弟、ジエラール・レーニエです」

　ふいに朗らかに大公弟が話しかけてきた。

　バイロンはほっとしたように言う。

「そうだ、ジェラール。今日からしきたりや行儀見習いで、彼女に城に入ってもらうことにした。右も左もわからない彼女だ、お前、なにかと心配りしてくれるか？」

　ジェラールは、ラーラを安心させるように白い歯を見せて笑った。

「かまいませんとも。御令嬢、そんなに硬くならないで。なに、すぐ慣れますよ」

　ラーラは少し強ばりを解いて、含羞んだ笑みを浮かべた。

「なにとぞ、よろしくお願いします」

　ジェラールが眩しそうに目を細めた。

「おおこれは——女神のようにお美しい。堅物の兄上が、どのようにあなたをくどかれたのか、興味津々ですよ」

「ジェラール、よさないか」

　バイロンが目元を染めてたしなめた。

　それからラーラの気を引き立てようとしたのか、バイロンはことさら明るい声をかけてきた。

「ラーラ、長旅で疲れたろう。奥の貴賓室を君の部屋にした。城の中を案内がてら、一緒に行こう」

「はい」


生まれて初めて見る宮殿の中は、目を奪われるものばかりだった。

アーチが複雑に組み合わさったドーム状の高い天井。中世の美しいステンドグラスの高窓。荘厳な円柱が規則的に立ち並ぶ長い廻廊《かいろう》。歴史の重みをひしひしと感じさせる重厚な内装ではあるが、そこかしこに天井窓が設けられ、採光は豊富で城内は明るい。

深い感銘を受けて城内を見回しているラーラに、バイロンは微笑ましそうな顔をする。

貴賓室は近代的に内装がし直してあり、浴室は元より、控えの間や衣装室まで完備されており、瀟洒《しょうしゃ》な部屋の奥には立派な天蓋付きのベッドがあった。

浴室や化粧室を案内した後、バイロンはソファに腰を下ろすと、横にラーラを座らせた。

「晩餐までひと休みするといい。後で、じいを寄越す。彼になんでも聞いて、頼んでくれ。公室の私室は階上だが、君の貴賓室は私の部屋の真下にあるから、側階段を通ればすぐに君に会いにいけるね」

すぐ近くにバイロンがいるというだけで、心強く、彼の気配りは嬉しかった。

「母上のことだが――」

バイロンは言葉を選ぶように、ゆっくりと言う。

「彼女は私がまだ未成年の頃、亡くなった父上の代わりに女大公として国を治めていたのだ。そのため、人一倍愛国心と自尊心がお強い。私は母上が持ち込んできた縁談を、すべて断ってしまった。最初から、私の心の中には君しかいなかったからだ。母上は自分の意のままにならぬと、意固地になられることがある。だが、根は公平で清《せい》冽《れっ》なお方だ。誠意を尽くせば、きっと気持ちは通じる」

「はい」

ラーラは、自分を見た時の皇太后の冷ややかな眼差しを思い出したが、バイロンの言葉を信じようと思った。

「私、きっと皇太后様に認めていただけるように、励みます」

バイロンがぽんぽんと頭を撫でてくれた。

「うん、その気持ちが大事だ」

「はい」

バイロンはおもむろに立ち上がった。

「私は留守の間の報告を、重臣たちから聞かねばならないので、もう行くが、我が家と思ってゆったりしておいで」

バイロンはラーラの唇に軽く口づけをすると、片目を瞑ってみせてから、部屋を出て行った。

「ふう……」

バイロンが去ると、ラーラは深いため息をついてソファにぐったり身をもたせかけた。

地位も財産もない田舎貴族の娘の自分が、歓迎されないだろうとは予想していたが、思った以上に手厳しい皇太后の態度に、ラーラは内心ひどく落ち込んでいた。

(私——バイロン様への愛だけを頼りに、こんな分不相応な場所へ飛び込んでしまったけれど、うまくやっていけるだろうか)

大海に放り込まれた小さな虫になった気分だ。

ラーラは滅入りそうな気持ちをふり払うように、ぶんぶんと首を振った。

(だめだめ、しっかりするのよ。今までだって辛《つら》いことはいっぱいあったけど、乗り越えてきたんだから、今度だってきっとうまくいくわ。だって、私にはもうバイロン様がいるんだもの)

バイロンのことを想うと、胸が熱くなり元気が湧いてくる。

恋するパワーというのは、かくも心を強くするのかと、ラーラは自分でも驚くのだった。

「――失礼いたします」

ノックの音がして、執事風の服装をしたグレンが、ティーセットを載せたキャスターを押して入ってきた。

「長旅でさぞお疲れでしょう。お茶をお召《め》し上がりください」

柔和なグレンの顔を見ると、ラーラは心からほっとした。

グレンが淹《い》れてくれたお茶を受け取る。

深いアールグレイの香りが、気持ちを落ち着ける。温かい紅茶が、腹の底に染み渡るようだ。

「美味しいわ――」

グレンがにっこり微笑んだ。

公室の紋章入りの皿に、プチケーキを取り分けて差し出しながら、グレンは気持ちを引き立てようとしてか、いろいろ話しかけてくる。

「後でラーラ様付きの侍女たちを寄越しますから、まずはお風呂《ふろ》でゆっくりリラックスなさってください。衣装部屋に取りあえず、何着かドレスはご用意しました。今日の晩餐は、落ち着いた色合いのイブニングドレスをお召しになるとよろしいでしょう。メイクや着付けは、それ専用の侍女がいますから、何の心配もございません」

ラーラは目をぱちくりする。

今まで自分のことはすべて自分でやってきたので、これからは誰かに世話をしてもらう生活になるということが、ぴんとこない。つい、口走った。

「あ、あの……着替えくらいはできます」

するとグレンが、少しだけ表情を引き締めた。

「ラーラ様。あなた様はこれから、大公陛下の婚約者に――いずれはお妃《きさき》になられるのです。なんでも自分でできるということは、素晴らしいことです。しかし、公室に入るからには、それなりの威厳と気品が必要なのです。傲慢《ごうまん》になれとは言いませんが、公室の人間らしい品位は必要です」

ラーラはうなだれてしまう。

「私に品位なんて……」

するとグレンが悪戯っぽい口調になる。

「ラーラ様は、今まで劇場で、お姫様も女王様も演じてこられたでしょう。それを思い出してください。演じれば、やがてはそれが身につきます」

ラーラは、あっと思う。

「ああそうね、そうだわ。その役になりきればいいのね！」

演じることならできる。

少し元気が出てきた。

「ありがとう、グレンさん。私、なんだかやっていけそうな気がしてきたわ」

グレンは優しく微笑んだ。

「それでこそ、大公陛下が選んだお方です。きっとラーラ様は、公室に新風を吹き込む存在になられますよ」

ラーラはにっこり笑い返し、ホワイトチョコレートをコーティングしたエクレアを頬張った。口の中でカカオ風味のクリームがとろりと蕩《とろ》け、頬っぺたが落ちそうなほど美味しかった。

やっと平常心が戻ってきたような気がした。


夕刻前に、ラーラ付きの侍女たちが部屋にやってきた。

侍女頭のヘレンという痩せぎすの初老の女性が、代表で挨拶をした。

「これから、あなた様のお世話をさせていただきます。我々一同、誠意を尽くします。まだ公室のしきたりなど、おわかりにならぬことが多いことでしょう。私は皇太后様付きの侍女として三十年お勤めして参りました。私が責任を持って、あなた様をお導きいたします」

さすがに宮殿の侍女頭ともなると、風格が違う。

ララは少し気圧《けお》され気味に、挨拶を返した。

「よ、よろしくお願いします」

ヘレンは無表情で顔を上げると、てきぱきと侍女たちに指示を出す。

「それでは、まず御身体を清めてください。マリー、ジェーン、浴室へお嬢様をお連れして。サラはバスタオルとクリームとパウダーの用意を。リンは私と晩餐会のドレスを準備を」

「かしこまりました」

侍女たちがいっせいに動き出す。

ララは侍女たちに導かれるまま、風呂に入り肌の手入れをされ、髪を梳《くしけず》られ、晩餐会の化粧と着付けをされた。

化粧台に座ったララは、ヘレンが選んできたドレスを見て、首を傾《かし》げた。

襟の詰まった袖の長い、派手なオレンジ色のアフタヌーンドレスだ。

「あ、あの……大公様のお付きの方は、晩餐会には落ち着いた色のイブニングドレスを、と……」

ヘレンは口元をかすかに釣り上げ、苦笑のようなものを漏らした。

「まあまあ、お嬢様。それはお付きの方の勘違いではありませんか？　公室の内輪の晩餐会では、肌を見せるイブニングドレスはお召しにならない決まりですのよ」

「そ、そうなんですか」

公室の習わしに無知なラーラは、ヘレンの言葉を信じた。

光沢のあるオレンジ色のドレスは、色白で金髪のラーラの美貌をことさらに艶やかに引き立てた。

「お嬢様のお肌はほんとうに透き通るようにお綺麗で、お化粧がほとんどいりませんよ」

化粧係のサラと呼ばれた若い侍女が、感嘆した声を出す。

ラーラは鏡の中の自分をまじまじ見て、どこか不備がないかチェックした。

髪も化粧もアクセサリーも万全だ。

ドレスの色が派手なのが気になるが、宮殿に長年仕えているヘレンの言うことなので、大丈夫だろう。

(皇太后様のお気に召すとよいのだけれど……)

時間になると、ヘレンがラーラの手を取って、公室専用の食堂まで案内してくれた。

「よいですか。大公様がナイフを手にするまでは、決して食事を始めてはなりません。また、最初にメニューが渡されますから、側付きの給仕にきちんと選んだ料理を指示してください」

道々、ヘレンが細かい注意事項を話してくれる。

ラーラはうなずきながら、必死でそれらを頭に叩《たた》き込んだ。

食堂の入り口で、ヘレンが口上を述べた。

「ケリー侯爵令嬢がお付きです」

グレンがラーラを迎えに出てきた。

ラーラを一目見るや否や、彼はさっと顔色を変えた。

「あ——ラーラ様、その格好は——」

ラーラはきょとんとした。

「何をしている。大公陛下がお待ちである。早く席に着かれよ」

奥から重々しい皇太后の声がした。

グレンが慌ててラーラの手を取り、食堂の中へ誘った。

歴代の大公の肖像画が壁面に飾られた古典様式の食堂は、中央に銀の燭台《しょくだい》と銀食器を並べた長いオーク材のテーブルが置かれていた。

一番奥の暖炉《だんろ》の前に、バイロンの席。その右隣に皇太后、左隣に大公弟。

後は、顔も知らない公室たちがずらりとテーブルに着いていた。

中へ一歩入り、ラーラはぎょっとした。

全員が夜用の正装であった。

女性はひとり残らず、淡い色合いの袖無しのイブニングドレス姿だ。

（そ、そんな……ドレスコードが違う！）

ラーラは顔から血の気が引いた。

侍女頭のヘレンが間違ったのか。

ラーラは、ヘレンが長いこと皇太后付きの侍女を勤めていたことを思い出した。

（もしかして、わざと……？）

いっせいにこちらを見た公室たちが、目を丸くしたり眉をひそめたりしている。

「おやまあ、あなたのお時間では、今は真昼なのかしら？　どこの道化師かと思いましたよ。その派手なお色は、あなたのご趣味？」

皇太后が凍り付いたような冷たい声を出す。

「わ……たし……」

足が震えて、今すぐ逃げ帰りたい。

グレンが少し手に力を込め、ラーラにだけ聞こえる声でささやく。

「逃げてはなりません——ラーラ様、席にお着きになってください」

だが足が動かない。

入り口で立ち往生している彼女に、居並ぶ公室たちはひそひそ耳打ちをしたり、苦笑を漏らしたりしている。

「わざわざ、我が公国の名誉色を身に着けてきてくれたのか。嬉しいぞ、ラーラ」

バイロンの澄んだ声が食堂に響いた。

グルド公国の国旗もナショナルカラーも、オレンジ色だ。そのため、王都の建物の瓦屋根や、宮殿の兵隊の服装もその色に指定されているのだ。

ぴたりとざわめきが止む。

「さあ、席に着いて」

バイロンが優しく促した。

「は、はい」

ラーラはほっとして、案内された席に着いた。

バイロンから一番離れた末席であった。

だが、そっとテーブルの向こうに目をやると、彼が力づけるようにうなずいてくれて、少し元気が出た。

皇太后が厳めしい声を出す。

「侯爵令嬢、我が一族を紹介しよう。右から私の夫の弟に当たるオルロン公——」

次々に紹介され、ラーラは緊張しながら挨拶をした。

皆がバイロンの連れてきた婚約者に、興味津々なのが痛いほどわかる。

十数人いる列席の人たちにひと渡り挨拶を交わすと、もはやラーラは気力を使い果たしていた。

「では食事を始めよう」

バイロンの声に、列席の一人一人の背後に控えていた給仕が、さっと席の脇に進み出て、二つ折りになっているメニューカードを渡した。

受け取った人々は、メニューを吟味し、好みのコースの料理を給仕に告げている。

ラーラは自分のメニューカードを開き、はっとした。

すべてリスベニア語で記されていたのだ。

もともとグルド公国は、その昔、大国リスベニアから独立したのだ。

そのため、古い慣習が残っている教会や学校などでは、母国語以外にリスベニア語が使われることもある。だがよもや公室でも、その習わしがあったとは思いもよらなかった。

(どうしよう……ぜんぜん読めない……)

ラーラに付いた給仕が、人待ち顔で側に立っている。

もはや大方の者は料理を選び終わって、給仕は引き下がっていた。

メニューを手にして固まっているラーラを、周囲の公室たちが不審な顔でチラ見している。

背中に冷や汗が流れてきた。

「まあ、侯爵令嬢はなにも食べたくないとみえまするな。それとも、我が公室のメニユーはお気に召さなかったかしら」

皇太后が嘲笑《ちょうしょう》気味に言う。

ラーラは屈辱で耳朶まで赤く染まるのを感じた。

「彼女は私と同じコースでよいだろう。彼女はとても控え目な性格なので、私が料理を選ぶまで待っていてくれたのだね」

バイロンがよどみのない声を出し、ラーラの給仕にそれでよいという風に合図した。

給仕が引き下がると、ラーラはほっとして全身から力が抜けた。

晩餐の料理はどれも素晴らしいものばかりだったが、ラーラはいつ自分がまた失敗をするかと針のむしろに座っているようで、何を食べて飲んだのか少しもわからなかった。

コーヒーが終わり、皇太后が先に席を立った。

「大公陛下、今宵は侯爵令嬢に面白い余興を見せていただいた。だがいくら田舎娘とはいえ、もう少し公室のしきたりというものを、学んでもらわねばな」

皇太后はちらりとラーラに視線を送った。

冷徹な眼差しに、ラーラは縮み上がる。

バイロンは穏やかに答えた。

「母上、ラーラは本日城に入ったばかりです。不手際は私の責任でもある。ご容赦ください」

皇太后はふんと鼻を鳴らし、食堂を後にした。

皇太后の退出を切っ掛けに、同席していた公室たちも次々にバイロンに挨拶をし、席を立った。

誰ひとりララに一瞥もくれなかったが、ただひとり大公弟ジェラールだけは、通りすがりざま、

「元気を出して」

と、小声で励ましてくれて、それだけが救いだった。

ララはうつむいて石のように固まっていた。

屈辱と緊張で泣きそうだったが、涙だけは流すまいと唇を嚙み締めていた。

最後に、ぽつんとバイロンと二人きりになった。

「よく頑張った——ララ」

労《いたわ》るような優しい声に、あやうく嗚咽《おえつ》を漏らしそうになる。

「いえ……私、なにも知らなくて……礼儀知らずで……皇太后様を始め、公室の皆様にさぞやひんしゅくを買ったでしょう。バイロン様に恥をかかせてしまった」

バイロンが静かに席を立ち、ゆっくりと近づいてくる。

「そんなことはない——この場を逃げなかった君の勇気に、私はとても心打たれたよ」

側に立ったバイロンの大きな手のひらが、柔らかく頬を撫でた。

「だが、これからずっと君は王族の一員として振る舞わねばならない。辛いことにも、立ち向かわねばならない。厳しいようだが、ここで逃げるような女性なら、私は始めから選びはしなかった」

大公として厳しさと、ひとりの男としての思い遣《や》りが混じった口調に、ラーラは心が熱くなる。

ラーラは頬を撫でる手に、そっと自分の手を重ねた。

「バイロン様、お願いがあります」

「なんでも言ってごらん」

ラーラは紅潮した顔を上げ、まっすぐに瞳を見つめた。

「私に教えてください。公室の決まりごと、作法、振る舞い、語学――私、すべてを勉強したい……バイロン様にふさわしい女性になりたい――なってみせます！」

「ラーラ――」

バイロンが感に堪えない声を出し、おもむろに背後からぎゅうっと抱きしめてきた。

「ああ、君はほんとうに素晴らしい。勇敢で愛らしい。私の大事なひとだ」

うなじに唇を押し付けられると、びくりと肩が震えた。

バイロンの腕の力に、熱い体温に、気持ちが昂ってくる。

「愛しい、愛しい、私のラーラ」

首筋に顔を押し付けられささやかれると、深いバリトンの声が直《じか》に身体に響いて、きゅんと胸が甘く疼く。

「バイロン様……」

どちらからともなく顔が近づき、唇を求め合う。

「ん……ふ、んん」

忍び込んできたバイロンの舌が、ぬるりと口蓋をなぞると、ぞくぞくと淫らな気持《せ》ちが迫り上がり、求めるように舌を差し出してしまう。

「……は、くちゅ……んぅ、ん、んんぅ」

身体中が熱く蕩けてくる。

息苦しさと熱いうねりに、腰が砕けて椅子からずり落ちそうだ。

「――ラーラ、君をもっと、欲しい、君のすべてを――」

わずかに唇を離したバイロンが、艶《なま》めかしい吐息を漏らす。

「私も……」

元より、バイロンだけを頼りに身一つで未知の公室に飛び込んだのだ。

もはやなんのためらいもなかった。

バイロンがぎゅっと手を握った。

ラーラは音もなく席を立つ。

ひとりだけ食堂に残っていたグレンが、黙って扉を開けてくれた。

「部屋へ戻る。護衛兵以外、今宵はもう誰も入れぬよう――」

「かしこまりました」

グレンは素早くその場を立ち去った。

「階上へ――私の部屋に」

側階段から、バイロンに手を引かれ、ラーラは一歩一歩階段を上っていった。

一段ごとに動悸が高まる。

これから二人の間に起こることを思うと、期待といくばくかの恐怖で頭がくらくらした。

最上階のフロア全部が、バイロン専用になっていた。

屈強な護衛兵が守る重々しいオーク材の扉の中に入ると、それだけで一部屋になりそうな控えの間、そして居間、奥が寝所だった。

天井がドーム形で精緻《せいち》な十二宮が描かれている瀟洒な寝所は、灯りが最小限に落とされて、奥の天蓋付きの大きなベッドがぼんやりと窺えた。

「やっと――二人きりになった」

バイロンが低い声でささやき、そっと腕を引く。

「あ……」

男の胸に倒れ込むように抱かれ、唇を覆われた。

「ん……んんぅ」

熱く唇を貪りながら、バイロンは軽々とラーラを横抱きにした。

そして、口づけを続けながらベッドに移動する。

大人が五人並んでも寝れそうな広いベッドに、そっと仰向《あおむ》けに寝かされる。

「ラーラ」

ぎしっとベッドを軋《きし》ませ、バイロンが上着を脱いでシャツ一枚になり、見下ろすように覆い被さってくる。

ラーラの鼓動がにわかに速まる。

バイロンの青い目で見つめられているだけで、息が上がり身体の血が逆流するほど緊張した。

彼女の身体ががちがちに強ばっているのを感じたのか、バイロンが優しい声を出す。

「初めてだね？」

ラーラはこくんとうなずく。

「私が、怖い？」

ラーラは思わずうなずいてから、慌てて首を横に振った。

「あ、バイロン様が怖いわけではないの。ただ、なにもわからなくて……どうしたらいいか……やっぱり、怖い」

バイロンが愛おしげに微笑んだ。

「大丈夫、私に身を委ねて――怖いことはなにもない」

彼の長い指が、ドレスの胸元の合わせ目にかかり、器用に釦《ボタン》を外していく。

「あ……」

ドレスの上衣が左右に開き、コルセットで押し上げられたまろやかな乳房がまろび出た。

「や、あ、見ないで……」

恥ずかしさに思わず両手で胸元を覆い隠そうとすると、手首を摑まれて左右に広げられしまう。

「だめだ、全部見せておくれ」

艶っぽい声で言われて抵抗できず、ぎゅっと目を閉じてバイロンのなすがままになる。

コルセットの紐《ひも》も解《ほど》かれ、スカートのホックも外され、一枚一枚脱がされていく。

とうとう下腹部を覆うドロワーズ一枚になってしまい、そこに男の指がかかると身体がびくりと竦《すく》んだ。

「あ、いや、そこ……恥ずかしい、恥ずかしいの」

「なにも恥ずかしくないよ。これから互いのすべてを見せ、与え合うんだ」

するりと絹のドロワーズが引き下ろされ、剝《む》き出しになった秘部が露《あらわ》になった。恥ずかしくて、ぎゅっと太腿を閉じ合わせてしまう。

バイロンが息を詰めて、自分の裸体を見つめているのがわかり、羞恥で体温が上がってくる。

「なんて美しい――陶器のような白い肌が桜色に染まって」

男の手のひらが、首筋から肩甲骨、胸元を撫で回す。

「すべすべして、その上しっとりと私の手に吸い付いてくるようだ。素晴らしい肌だ」

おもむろにバイロンの両手が、ふっくらと膨らんだ乳房を包んで、やわやわと揉《も》みしだき始める。

「や……あ」

緊張しきって身を強ばらせていたが、しなやかな指先が乳首を円を描くようにくりくりと擦《こす》ると、妙なむず痒《かゆ》さとともに、そこが硬く尖《とが》ってくるのがわかった。

「あ? あ、ぁ」

硬くなった乳首をさらに弄《いじ》られると、なにか甘い未知の疼きがそこから下腹部に走り、あらぬ部分がきゅうっとせつなく締まる。落ち着かなく腰をもじつかせると、バイロンが愉しげな声を出した。

「ん、気持ちよくなってきたか？」

「き、気持ち……？」

「可愛い乳首だ。薔薇色に色づいて」

凝《しこ》って芯を持ってきた乳首を、何度も指先で抉《こ》じられると、そこから熱い疼きが湧き上がり、耐えきれないほど全身を甘く痺れさせた。

「や……あっ、ぁ、あぁっ」

思わず背中を仰《の》け反《ぞ》らして、身悶《みもだ》えしてしまう。

突然、バイロンが胸元に顔を埋め、尖った両方の乳首にちゅっちゅっと口づけし、片方を指で弄りながらもう片方を口腔に含んだ。

「あ、だめ、そんな、あ、ぁ」

ぬるつく舌先で、疼き上がった乳首を転がされ、時おり強く吸い上げられた。はっきりと、甘い疼きは、自分の恥ずかしい箇所の奥から湧き上がってくるのがわかった。その上、敏感に尖った乳首を吸われたり、軽く歯を当てられたりすると、はしたない鼻声が自然と漏れてしまい、羞恥に拍車をかけた。

「やあっ、あ、ぁ、しないで……あぁ、だめ、そんなに……は、ぁあ……」

甘い痺れが心地好さだと気がつき、恥ずかしいのに腰から下が蕩けそうになる。交互に乳首を柔らかく噛まれると、隘路《あいろ》の奥がじわじわ蠢《うごめ》き、いてもたってもいられない。

「なんて悩ましくてそそる声を出すんだ——ラーラ、感じやすいんだね」

胸元から顔をわずかに上げたバイロンが、こちらの表情を窺う。

今自分がどんなにいやらしい表情をしているのだろうと思うと、とても目を開けて彼の顔を見る勇気がない。

「腰がもじもじしている。濡れてきた？」

「ぬ、濡れる……って」

バイロンの片手が下腹部へ下りてきて、太腿の狭間《はざま》を弄った。

「やっ、だめっ」

本能的な恐怖に、きゅっと両足に力を込めたが、男の大きな手はやすやすと太腿を押し開き、薄い和毛《にこげ》の中に長い指が潜り込んできた。

「きゃっ、あっ」

しなやかな指先が秘裂をぬるりと上下に辿った。瞬間、甘い疼きが背中に走り、腰がびくりと跳ねた。淫唇が、驚くほど敏感になっていた。

「すっかり濡れているね」

くちゅくちゅと蜜口の浅瀬を掻き回されると、じわっと甘い快感がそこから生まれ、隘路の奥へ響く。

「やぁ、あ、そこ……あぁ、やぁん、あぁ……やだ」

恥ずかしい場所を弄られて、心地好く思ってしまうことが恥ずかしく、顔を見られまいとバイロンのシャツにしがみついて頭を振る。

秘められた恥ずかしい部分が、男の指によって蜜を溢れさせ、彼のために開かれていくのがわかる。

「恥ずかしがることはない。私を感じて。うんと濡れて――ほぐしてあげる」

ぬるぬると蠢く指が、花唇の上辺を辿り、和毛のすぐ下にあるなにかの突起を擦った。

「ひっ？　あぁあっ」

刹那、雷にでも打たれたような淫らな衝撃が背骨に走り、ラーラは悲鳴を上げて仰け反った。

「な、に？　そこ、あ、や、あぁあっ」

溢れる蜜を塗り込めるように、何度もその部分を擦られると、腰が蕩けそうなほど激しい快感が襲ってくる。あまりにきつい快感に、やめてほしいと思うのに、腰はもっとしてほしげにくねりながら前に突き出してしまう。

「だめぇ、しないで、そこ、や、こわい……っ」

どんどん快感が増幅し、溢れてくる蜜でさらに滑りがよくなったそこを、円を描くように撫で回されると、隘路の奥が痛いほどきゅうっと縮み上がる。

「素敵だ。ほらごらん、こんなに濡れて――」

バイロンがいったん指を抜き、ラーラの目の前に持ち上げた。

恐る恐る目を開くと、節の高い長い二本の指の間に、淫らな蜜が糸を引いている。

「や……」

かあっと頬が上気する。なぜこんなにはしたなく濡れてしまうのかわからない。

その指が、再び膨れた花芯を撫で回す。

今度は先端を押さえたまま、小刻みに揺すぶり出す。

「あ、あぁ、あ、いやぁ、いや、いやぁ……っ」

振動が加わると、激しい尿意にも似た愉悦が湧き上がり、今にもなにかが溢れてきそうな恐怖に襲われた。

「やめて……やめてください……辛い……ああ、だめ、なの……」

いやいやと首を振り、バイロンのシャツをぎゅっと摑み、恥ずかしい喘《あえ》ぎ声を抑えようと歯を食いしばる。

「だめじゃない、感じていいんだ。ラーラ、思い切り感じて」

ふいに膨らんだ陰核を、きゅっと摘《つま》み上げられた。

「ひあ、あぁ、あぁぁっ」

じーんと秘部が痺れ、どっと淫らな蜜が溢れるのを感じた。隘路がひくひくとせわしなく蠢き、苦痛にも似た快感がラーラを追いつめる。

「も……やめて……お願いです……だめ、おかしく……」

艶やかな髪を振り乱し、この忌《い》まわしいほど淫らな心地好さから逃れたいと思う。

「だめ、やめないよ。一度、君を達《い》かせてあげる」

バイロンは、そう言うや否や、人差し指で秘玉を揺さぶりながら、長い中指をひくつく膣襞《ちつひだ》の中に潜り込ませてきた。

「は、あ、指……だめ、入れちゃ……っ」

骨張った男の指の感触に、ぞくんと背中が震えた。

「狭い、でも、挿入《はい》るね——ああ、熱いな」

狭い隘路を押し広げるように指が突き入れられ、ぬるぬると媚壁を擦り上げた。

「やぁ、あ、しないで……あぁ、ああ、あぁ」

秘玉を刺激される鋭い快感と、隘路を抜き差しする指のもたらす濃密な心地好さに、ラーラは翻弄《ほんろう》され、もはや猥《みだ》りがましい声を抑えることができなかった。

「はぁ、あ、だめ、も、だめ、あぁ、いやぁ、おかしくなる……っ」

熱い快感に視線が揺れ、強く目を瞑ると瞼の裏がちかちかと光った。

なにか熱い波のようなものが、お尻から迫り上がって意識をさらおうとするようで、ぞくぞくする恐怖と淫らな期待に胸がせつなくなる。

「いいんだよ、おかしくなって、さあ――」

乳首を甘嚙みされ、濡れそぼった部分を擦り立てられ、ラーラはなにかの限界を感じ、全身に力を込めて強くいきんだ。

「あぁぁあ、あ、いやぁあぁっ」

ぎゅっと隘路がバイロンの指を締め付け、びくんびくんと腰が震えた。

身体の隅々を、未知の愉悦が駆け巡り、意識が一瞬飛んだ。

「……は、はぁ、は……あぁ」

次の瞬間、全身から力が抜け、シーツの上にぐったりと沈み込んだ。

「ぁ、あぁ……こんな……の……」

息も絶え絶えになっていると、まだびくつく隘路からバイロンの指がぬるりと抜け出ていき、その喪失感にすらぞくりと感じてしまう。

「素敵だ。私の指に感じて、果てた君が、とても可愛い――」

バイロンは乱れた金髪を愛おしげに撫で、涙の溜まった目尻に何度も口づけをした。

ラーラはまだ意識がぼんやりしたまま、虚ろに視線を彷徨わせる。

「今度は、私自身を受け入れておくれ――」

彼が身を起こし、素早く服を脱ぐ気配がした。

「ラーラ――」

誘うように呼ばれ、そっと視線を上げると、そこに生まれたままのバイロンの姿があった。

彫像のように引き締まった肉体。逞しい肩、美しい鎖骨、広い胸板、綺麗に腹筋の浮き出た腹部。そして――。

「あっ……」

生まれて初めて目の当たりにした、男の秘所の凄《すさ》まじさに声を呑む。

欲望は太く逞しく反り返り、禍々《まがまが》しいほどだ。

だが恐怖とともに、ラーラの隘路は淫らに疼いた。

「私に――触れてごらん」

バイロンが手を取って、股間《こかん》に誘った。そっと剛直を握らされる。

「あ、熱い……」

手に余るほど太い屹立《きつりつ》は、手の中で別の生き物のようにびくついた。

「そうだ、君が欲しくてたまらないんだ。わかるかい。今から私を受け入れてもらう」

ラーラは思わず剛直から手を離す。

こんな長大なものが、自分の中に収まるとは思えなかった。

「こ……わい……」

声が竦む。

バイロンが、何かに耐えるようなせつない眼差しで、まっすぐ見つめてくる。

「君とひとつになりたい。君を愛したい——ララ、どうか私を受け入れてくれ」

男の欲望のままに無理強いしてこないバイロンに、ララは胸が締め付けられる。

元より、彼に身も心も捧げる決心はできていた。

ララは真摯な眼差しで見返す。

「どうか——バイロン様のものにして……」

恥ずかしくて最後まで言えず、両目を強く閉じてしまう。

「ララ」

バイロンはララの白い両足を恥ずかしいほど押し広げ、そこに自分の腰を挟み入れてきた。

綻《ほころ》んだ蜜口に、熱い欲望の先端が押し付けられ、狙いを定めるように何度かくちゅくちゅと浅瀬を掻き回す。

「いくよ」

小さくささやかれ、次の瞬間、一気に貫かれた。

「んーっ、っ」

狭い隘路を押し開くようにして、剛直がぐぐっと押し入ってくる。

「あ、痛……っ、あ、くるし……っ」

めりめりと引き裂かれるような激痛に、ラーラは息を詰めて仰け反った。指とは比べ物にならないくらいに、太く熱い。

「ラーラ、ラーラ、力を抜いて──押し出されそうだ。息を吐いて」

「は、はあっ……」

言われるまま息を深く吐くと、全身の力がふっと抜け、男の欲望が最奥まで届くのを感じた。

「ああ全部挿入った──ラーラ」

動きを止めたバイロンが、感慨深い声を出す。

「ぁ、あ……ぁぁ……」

体内に目一杯男の脈動を感じ、ラーラは身動きもできず小さく喘いだ。男を受け入れた隘路が、じわじわと熱くなってくる。身じろぐと、無意識に肉胴を締め付けてしまい、四肢が甘く痺れてくる。

「感じるか？　今、ひとつになった。君は私だけのものになったんだ」

「あ、ああ──バイロン様」

愛する人と結ばれたのだ。

感極まったラーラは、両手を男の首に回しぎゅっと抱きついた。

「そっと動くぞ――私にしがみついて」

耳元で低くささやくと、バイロンはゆっくりと腰を引いた。ぎりぎりまで抜くと、再びゆっくりと根元まで突き入れた。それを何度か繰り返すと、次第に滑りがよくなって、破瓜《はか》の苦痛が薄れてくる。その代わり、最奥が灼け付くように熱くなった。

「あ……あぁ、あ、あ」

バイロンがラーラの反応を窺いながら、ねっとりと腰を蠢かしていく。

灼け付いた媚壁を太い肉茎が何度も擦っていくうち、じわりと愉悦が肥大してきた。最奥を抉《えぐ》るように突つかれるたび、せつないくらい熱い快感が奥底から湧き上がってきた。

「ふ、はぁ、は、あぁ、あぁん……」

抽挿《ちゅうそう》されるたび、悩ましい鼻息が漏れてしまう。あまりに濃密で猥雑な行為なのに、身体がどんどん甘く蕩けてくる。

「ああ、君の中、熱くて――素晴らしい。ラーラ、ラーラ、私を感じているか？」

バイロンの声が興奮に掠れ、その熱い息が耳朶や頬を擽《くすぐ》るのにも、ぞくぞくと感じてしまう。

「ん、んぅ、バイロン、様……っ」

次第に男の腰の動きが速く激しくなる。

「あ、あっ、あ、奥……っ、あ、や……っ」

子宮口まで硬い先端が穿ってくると、意識が薄れるくらい熱く深く感じてしまう。思考が散乱し、どこかに身体が飛んでいきそうな錯覚に陥り、ラーラは必死でバイロンの広い背中にしがみついた。

「やぁ、怖い……あ、ぁ、すごい……あぁ、あ」

「感じてきたね、可愛いラーラ、それでいい。うんと私を感じて」

バイロンはラーラのすらりとした片脚を担ぐようにすると、角度を変えてぐいぐいと抽挿してきた。

今までと違う箇所を抉られると、目も眩むような愉悦が弾けた。

「ひぅ、あ、そこ、やぁ、だめ、しないで……っ」

激しい尿意のようなものが襲い、漏らしそうな恐怖にラーラは悲鳴を上げる。

「ああここか。ここが君の感じやすい場所だね」

バイロンはぐちゅぐちゅと淫猥な水音を響かせ、弱い箇所を責め立ててくる。

「あ、あ、だめ、なにか……漏れちゃう……いや、いやぁっ」

何かが決壊しそうな恐怖に身を捩《よじ》ると、下腹部のどこかに力が入るのか、さらに男の肉茎を物欲しげに強く締め付けてしまう。

「あ、私……あぁ、だめ、あぁ……っ」

じゅわっと熱い液体が溢れ、結合部から破瓜の紅とともに掻き出された。

「感じている――すごく。ラーラ、可愛い、可愛い私の歌姫」

バイロンの動きがますます性急になる。

二人の結合部はびしょびしょに濡れそぼり、ラーラはただバイロンの与える深い喜悦に身を任せた。

「あぁ、ああ、バイロン様、あぁ、バイロン様……っ」

感極まって、愛する男の名前を連呼する。

「ラーラ、私のラーラ」

バイロンも陶酔した吐息を漏らしながら、呼応してくれる。

「んあ、あ、も、飛んでしまう……どこかに、あぁ、あ、ぁ」

熱い剛直で縦横無尽に掻き回された媚肉は、煮え滾《たぎ》る湯のように熱く灼け、ラーラはただ彼に縋《すが》り付いて、意識を跳ばさないようにするのが精一杯だった。

「あ、だめ……もうだめ、ああ、もうっ」

「――っ、ラーラ、私ももう――」

ふいにバイロンがむしゃぶりつくように口づけてきた。

「んぅ、ふ、ぐ、ふぅう」

意識を失わないよう、ラーラは必死で男の舌に吸い付いた。

バイロンの腰ががくがくと高速で打ち付けられる。

「んんぅ、ん、ぐ、あ、あ、ぁ、あふ、ふぁあ」

口づけでこもった熱が身体中に溢れ、重く熱い快感の大波がぐんぐん迫り上がってきた。

ついにラーラは口づけを振り離し、背中を仰け反らせて最後の嬌声《きょうせい》を上げた。

「あぁぁあ、あ、も、だめ……あぁあぁぁっ」

「ラーラ、出すぞ——全部」

どくんと、最奥で男の欲望が震えた。

そして、次の瞬間びゅくびゅくと熱い迸《ほとばし》りが子宮口へ噴き上がった。

「あぁあ、あ、熱ぃ……ひ、あ、ぁあぁ」

「っ——ラーラっ」

バイロンは二度三度と、強く腰を叩き付け、白濁の欲望のすべてをラーラの中へ注ぎ込んだ。

めくるめく衝撃に、ラーラは息を詰める。

ふいにバイロンの動きが止まり、刹那、汗ばんだ彼の肉体が、ゆっくりとラーラの上に倒れ込んできた。

「……は、はぁっ……は、はぁ、は」

せわしなく息を乱しながら、ラーラは感涙にむせぶ。

とうとう愛する人と結ばれたのだ。

しばらく、二人は繋がったまま息を喘がせるばかりだった。

「――辛かったか？」

バイロンが汗ばんだ額に唇を寄せながら、ささやく。

「……いいえ」

彼の鋭角的な頬に口づけを返し、答えた。

ラーラの横に仰向けになったバイロンは、自分の脇の辺りに彼女の頭を抱き寄せた。

腕枕をしながら、優しく髪の毛を撫でてくれる。

「愛しています」

ごく自然に、その言葉が口をついて出る。

「私も愛しているよ」

二人はごく自然に唇を寄せ合い、何度も啄《ついば》むような口づけを交わす。

そうしているうちに、若い身体は再び熱く昂り、二人はきつく絡み合う。

情熱的な初夜は、長く深く更《ふ》けていった――。

第三章　華麗なる舞踏会の夜

何度も熱く身体を重ねた、初めての夜が明けた。

くたくたに疲れ果てていたが、やはり緊張もしていたのか、ラーラの眠りは浅かった。

夜明けに目が覚め、そっとバイロンの腕枕を外して起き上がった。できれば侍女たちが目覚める前に、自分の部屋に戻りたかったのだ。

音を立てないように着替えをしていると、ベッドから気怠そうなバイロンの声がした。

「——行くのか？」

「あ、起こしてしまいましたか？」

「かわまぬ。私もそろそろ目覚めねば、と思っていた。大公の政務は日の出とともに、始まるからね」

むくりと半身を起こしたバイロンが、長い両腕を差し出した。

「行く前に、キスをおくれ」

ラーラはベッドの端に腰を下ろすと、そっとバイロンの唇に口づけした。顔を離そうとすると、さっと背中を引き寄せられ、強く唇を吸われる。

起き抜けの男の唇の、少しかさついた感触に、背中がぞくりと震える。

「ん、ふ、ふぅ……」

舌が唇を割って、歯列をなぞり口蓋を舐め回す。

思わず舌を絡めてしまう。

「はぁ、んんぅ、ん、んん」

手足から力が抜けそうになり、慌てて両手でバイロンの胸を押し返し、顔を振り解いた。

「だ……め、です。もう……っ」

頰を上気させて睨《にら》むと、バイロンが苦笑した。

「残念だな。起き抜けが一番元気なのだが――」

男性の生理には疎いが、昨夜の激しい交合を知ってしまったラーラには、まだバイロンには余力があるのかと、内心呆れた。

それ以上の行為は諦めたのか、バイロンはベッドから下りると椅子にかけてあったガウンを羽織った。

「――午後までに、君のためのマナー教師や語学教師を選んでおこう。今宵は晩餐は、二人きりで取るように計らう」

「ありがとうございます」

今日から宮殿での暮らしが始まるのだ。

ラーラは気持ちが引き締まる思いだった。

バイロンの部屋を辞去し、側階段から自分の部屋に下りていった。

まだ城内は寝静まっているのか、しんとしていた。

部屋の扉の前まで来ると、人影に気づいてはっとした。

侍女頭のヘレンが、背筋をしゃんと伸ばして立っていた。

「ヘレンさん……」

「おはようございます。ラーラ様。お風呂の用意をして、お待ちしておりました」

バイロンの部屋で一晩過ごしたことを、承知の上らしい。

恥ずかしくて顔が赤らむが、もしかしてヘレンが一晩中自分を待っていたのかもしれないと思い当たった。

「あの――ずっと、ここに？」

ヘレンは顔色ひとつ変えない。

「私の仕事ですから」

ラーラは、職務に厳しい彼女の態度に感銘を受けた。

たとえヘレンが皇太后贔屓であるとしても、彼女から学ぶことは多いと思った。

「ありがとう、湯浴みをします」

ヘレンが頭を下げて、扉を開けた。

ラーラは部屋へ入る前に、彼女に声をかけた。

「あの――ヘレンさん。私、宮殿のことを何も知りません。これから一生懸命勉強したいんです。あなたが、私のマナー教師になってもらえませんか？」

ヘレンがちらりと顔を上げた。かすかに戸惑ったような色が浮かんでいる。

「私に、ですか？」

ラーラはうなずいた。

「はい。びしびし教えてください。私、バイロン様のためなら、どんな努力も厭《いと》いません。だいじょうぶ、多少の辛いことは、慣れてますから」

ヘレンは一瞬目をしばたたき、それからいつもの無表情な顔になる。

「わかりました。ご主人様のご要望とあらば」

ラーラはにっこりした。

「よかった！　よろしくね、ヘレンさん」

「では、まず――」

ヘレンはにこりともせず言う。

「侍女には敬称はいりません。私のことは、ヘレンとお呼びください」

ララは慌てて返事をした。

「は、はい。ヘレンさん――じゃなくて、ヘレン」

わずかにヘレンの口元が緩んだような気がした。


宮殿に来て半月目。

ララは午後のお茶の時間に、バイロンの執務室で一緒に休憩を取っていた。

「舞踏会、ですか?」

ララは紅茶のカップから顔を上げた。

「うん。母上が、月末に首都の主だった貴族たちを招待し、君のお披露目舞踏会を催すというのだ」

「ダンスを披露するのですか?」

「そうだ。最後のワルツは、私と君がメインに踊ることになるだろう」

「ワルツ……」

今まで、ハリスン家では侍女扱いで、舞踏会などには無縁だった。

芸術座の舞台で、少しだけ踊りを学んだが、正式なワルツなど踊ったこともない。

自信なさげにうつむいたラーラに、バイロンが力づける。

「大丈夫、まだ半月ある。それに、母上が専属のダンス教師を、君に寄越してくれるそうだ。母上も、君のことを認めようとしてくれているのかもしれない」

「皇太后様が？」

ぱっと気持ちが上向きになった。

「わかりました、私、一生懸命練習します！」

「うん、その意気だ」

バイロンが愛おしげに微笑み、優しく頬を撫でた。

翌日の午後、ラーラは皇太后に指定された小広間で、ダンスの教師が来るのを待っていた。

「お待たせしました」

小広間の扉口で、爽《さわ》やかな声がした。

振り向いたラーラは、はっとなる。

「ジェラール殿下《でんか》……」

大公弟ジェラールが立っていたのだ。

「おや、不思議そうな顔をしていますね。私は兄上ほど忙しい身ではないのでね、母上にあなたのダンス教師に任命されたのです」

ジェラールは明るく微笑んだ。

「皇太后様が――？」

「これでもダンスは得意なんですよ。公室ダンスをご指導するには、私ほど最適な人物はいませんよ」

言われればそうかもしれない。

「あの――よろしくお願いします。一生懸命練習します」

ララがぺこりと頭を下げると、ジェラールがくすくす笑う。

「そんなに緊張しないで。ダンスって、楽しむものでしょう」

そう言いながら彼は近づいてきて、一礼して手を差し出した。

「では、まず基本のステップから」

右手を取られ、左手を彼の肩に置かれた。

ジェラールの左手が、ぐっと背を引き付ける。

「あ……」

相手にぴったり身体を押し付ける形になり、ララは狼狽える。

「だめですよ。ワルツは元々、男女が愛をささやくためのダンスなんですから。思い切り色っぽく踊らないとね」

ジェラールが悪戯っぽく片目を瞑った。

その仕草は兄とよく似ていて、ラーラは心臓がどきんとした。

「はい、では顎《あご》を引いて、私の目を見て。三拍子が基本です。まずは左足を横に出し、二で進み、三で両踵《りょうかかと》をくっつけます。やってみましょう」

やはり兄弟だけに、兄ほど整った美貌ではないが、ジェラールもハンサムな顔立ちをしている。茶髪に青い目、背格好も似ていて、なんだかバイロンと踊っている錯覚に陥る。

「一、二、三、一、二、三」

ジェラールの合図に合わせ、ラーラはゆっくりとステップを踏み始める。

ジェラールが感心したような表情になる。

「これは飲み込みが早い。それにあなたは、足さばきがとても軽やかだ」

やはり、劇場でバレエや現代舞踏を踊っていたことが、役に立ったのかもしれない。

「はい」

ラーラが息を弾ませて微笑むと、ジェラールの目元がほんのり染まったような気がした。

二人で夕方近くまで、熱心に練習した。

「今日はこれくらいにしましょう。お疲れさま」

ジェラールの言葉に、ラーラは深く一礼した。

「ありがとうございます！　大公弟殿下に、こんなお役目を引き受けていただいて」

ジェラールが面映ゆそうな顔をした。

「いいですよ――あなたのためなら、私はなんでもするつもりだ――」

「え？」

きょとんとすると、ジェラールはなんでもないというふうに首を振って、小広間を出ていった。

「お疲れさまでした、ラーラ様。初めてとは思えないほど、お上手《じょうず》でしたよ！」

付き添っていた侍女のサラが、頬を染めて汗拭き用の布を差し出した。

侍女の中でも最年少のサラは、幼くして両親を亡くし宮殿でずっと下働きをしていたという。やはり両親を早くに失ったラーラは、彼女にひどく親近感を持ちなにかと可愛がっている。サラもすっかり、ラーラには心酔している。

「ううん、ぜんぜんだめだわ。早く上手になるよう、毎日練習に励まないとね」

サラを連れて脇廻廊から自分の私室へ戻ろうとしたラーラは、扉口に侍女たちがたむろっているのに気がついた。その中心にヘレンがいるのが見える。

彼女らは、なにかひそひそ噂話《うわさばなし》をしていた。

「ヘレンさん、あの令嬢、いつ田舎に帰られるんですか？」

ひとりの侍女の言葉に、ラーラはぎくりとして足を止め、思わず柱の陰に隠れた。心臓がきゅっと摑まれたように縮み上がる。

「そうですよ、私たち、いつまであの方に付いていなけりゃいけないんです？」

もうひとりの侍女が、不満そうに言う。

「――仕事に文句を言うものではありません」

ヘレンが、静かだがたしなめるような声で答えた。

「でも、私たち選ばれて宮殿にお仕えしているんです。あんな地方貴族の令嬢に使われるなんて、プライドが許しません」

「ヘレン様だって、ずっと皇太后様にお仕えしてきたのに、こんな不当な扱い、納得がいかないでしょう？」

ヘレンはそれには答えなかった。

「さあもう、無駄口はよいから、部屋に戻ってラーラ様を迎え入れる仕度をするのです」

そう侍女たちを促し、部屋に入っていった。

扉が閉まると同時に、側に立っていたサラがぶるぶる震えながら言う。

「ひどい……！　みんなひどいことを――ラーラ様、私あの人たちに文句言ってきます！」

彼女は顔を真っ赤にして怒っている。

「だめよ、サラ、やめてちょうだい」

「でも、でも……あんまりです！　ラーラ様は宮殿に馴染もうと、公室の皆様に認められるよう、こんなに頑張ってらっしゃるのに！」

サラが涙ぐむ。

ラーラは苦く微笑んだ。

「頑張っても、受け入れられないのでは意味はないわ。今の私の立場が、彼女たちの言葉でよくわかったわ」

ひどいことを言われて胸がきりきり抉られたが、それ以上に、悔しさが腹の底から湧き上がる。

「まだまだ私の努力が足りないんだって、思い知ったわ」

ラーラは唇を噛み締めた。

（負けないわ。私にはバイロン様がいる。あの方についていくと誓ったんだもの。絶対に逃げたりしない）

そう強く自分に言い聞かせるのだった。

その日の午後も、ラーラは目一杯ジェラールとダンスの練習にいそしんでいた。

「今日はそろそろ終わりにしましょう」

ジェラールがふうっと息を継いだ。

「ありがとうございます」

ラーラは彼に一礼し、サラが差し出すグラスの水を受け取った。

「ああ君、私にも水を一杯もらえるかい？」

ジェラールの言葉に、

「かしこまりました」

サラは慌てて、グラスを取りに部屋を出ていった。

壁にもたれて水を飲んでいるラーラに、ジェラールがゆっくり近づいてくる。

「毎日よく頑張りますね。感心します」

彼は、ラーラ肩の横に片手をついた。

「バイロン様のためですから」

グラスから顔を上げたラーラは、いつの間にかジェラールが両手を壁について、自分を囲むようにしているのに気がついた。

「彼のためなら、なんでもするの？」

ジェラールの目の色に、なにか不穏な色を感じた。

「は、はい」

手をどかしてほしい。

「大公の妃など、大変なだけだよ」

ジェラールの顔が真剣味を帯び、じりじりと近づいてくる。

ラーラは顔を背け、平静を装う。

「あの……もう行かせてください」

「ラーラ嬢――」

ジェラールが低くつぶやいた。

そのとき、扉の外から声がかかり、サラが入ってきた。

「お待たせいたしました」

ジェラールが、ぱっと弾かれたように壁から手を離した。

「やあ、ありがとう」

サラからグラスを受け取る彼は、いつもの明朗な大公弟に戻っていた。

ラーラはほっと胸を撫で下ろした。

(今のジェラール様の言葉は、なにか意味があるの？　私の考えすぎ？)

サラに軽口を叩くジェラールを横目に、ラーラは困惑を押し隠した。


ダンスの練習を終え部屋に戻ると、ラーラはヘレンを呼んだ。

「御用でしょうか？」

いつものように無表情で現れたヘレンに、ラーラはドレスのカタログをテーブルに積み上げた。

「私、お披露目用に新しいドレスを注文しようと思うの。あと十日ほどで仕立てられるかしら」

ヘレンはかすかに眉を上げた。

「それは、公室御用達の仕立て屋を急がせれば、できないこともないでしょうが——ラーラ様がドレスをご所望とは、お珍しいことですね」

確かに宮殿に来てから、ラーラは常に控え目に暮らしており、宮殿から用意された物以外に要求したことはなかったのだ。

ラーラは恥ずかしげに目元を染めたが、顔は伏せなかった。

「私ね、宮殿ではまだ他所者《よそもの》でしょう。ずっと出しゃばらないようにと思っていたけれど、それは違うのかも、と考え直したの。私は、バイロン様に選ばれたのだもの、あの方にふさわしい堂々とした淑女にならなければ、と思うの。今度のお披露目舞踏会は、私には一世一代の大舞台だわ。それにふさわしいドレスを作りたいの。おかしいかしら？」

ヘレンはじっとラーラの顔を見つめていたが、静かに答えた。

「なにもおかしくはございません。大公陛下に恥をかかせまいとお考えになることは、ご立派だと思いますよ」

ラーラはほっとした。実のところ、ヘレンに反対されたらどうしようと思っていた。

「それで——公室に詳しいあなたに、どんな色のどんなデザインのドレスが一番いいか、相談したくて」

ヘレンは、テーブルに積み上げられたカタログをちらりと眺めた。

「これは、ラーラ様がご自分で集められたのですか？」

ラーラはうなずく。

「一緒に選んでくれる？」

ヘレンは少し躊躇《ちゅうちょ》したのち、答えた。

「よろしゅうございます」

「ああ、よかった！　実はね、私、もういろいろ候補をみつくろってあるの」

カタログには、あちこちに栞《しおり》が挟んであった。

カタログを広げて、ヘレンに見せる。

「これなんか、華やかで素敵じゃない？」

ヘレンは覗き込みながら、うなずく。

「よいセンスであられます。でも、お色は夜向けに、もう少し抑え気味がよいでしょうね」

「ああそうか、そうね――あっ」

ふいに気がついて、ラーラは声を潜めた。

「ね、ドレス代は後で私がなんとかするから。あの――分割払いでもよいか、仕立て屋にかけ合ってもらえる？」

ふいにヘレンがくすっと笑いをこぼした。

ヘレンが笑ったところを初めて見たラーラは、ぽかんとする。

「ふふっ、ラーラ様。お代のことなど、気にする必要はありませんよ。いつでもどんな時でも、ラーラ様に入り用な物はすべて大公陛下がもつと、陛下から厳命されております。すから」

ラーラはますます目を丸くした。

「まあ、そうだったの？」

「そうですとも。ラーラ様が今までなにも所望なさらなかったから、黙っておりましたが、これからはご自身のためにも大公陛下のためにも、どんどん希望をおっしゃってください」

心無しかヘレンの態度がぐっと軟化したようで、ラーラはほっとしてカタログに目を落とした。

いよいよ、ラーラのお披露目舞踏会の日が訪れた。

首都中の貴族に招待状が配られた。大公陛下のお眼鏡《めがね》にかなった女性をひと目見ようと、大勢の貴族が出席することとなった。

宮殿で一番広い中央広間は、調度品をいっさい片付けてさらに広くしたのだが、これまでにない出席人数でごったがえしていた。

中世風のお仕着せで身を包んだ侍従たちが、銀のお盆の上に載せた泡立つ金色のシャンパンのグラスを客たちに配ってまわっている。広間の四隅には、長いテーブルが設置され、山海の珍味がビッフェ形式で味わえるようになっていた。

宮殿専属のオーケストラが、心浮き立つような曲を奏で、人々の気持ちを盛り上げる。

ふいに呼び出し係が、しゃらんと杖の先に付けた鈴を鳴らす。楽器の演奏がぴたりと止まる。

「皇太后陛下のお出ましです」

客たちの間にさっと緊張が走り、全員が最敬礼した。

今宵の舞踏会の主催者である皇太后が、悠然と現れた。

抑えた濃い紫色の装飾の少ないドレス姿だが、堂々とした威厳に溢れている。

彼女は自分の玉座に着くと、重々しい声を出す。

「今宵は、大公陛下の婚約者のお披露目に、かくも大勢集まってくれて、感謝の念に堪えませぬ。どうか、大公陛下と婚約者の登場まで、ゆるりとくつろいでもらいたい」

オーケストラが再び演奏を開始し、ぴんと張りつめていた空気が解け、人々は賑《にぎ》やかに会話を始め、酒肴《しゅこう》を楽しんだ。

皇太后は背筋をしゃんと伸ばし、悠然と広間を見渡している。


その頃、奥の控え室ではサラやヘレンに付き添われ、ラーラがそわそわと出番を待っていた。

今日の彼女は、ふんわりした薄紅色のオーガンジーを幾重にも重ねた薔薇の花のようなドレスで、白い肩と腕を大胆に出しているが、すっきりしたデザインが気品を溢れさせている。

豊かな金髪を頭頂にきゅっとまとめ上げ、すんなりしたうなじを出して、若々しさを強調した。

「ねえ、どこかおかしいところはないかしら？」

ラーラは、ソファから立ち上がり、何度もスカートの広がりを確かめる。

「ラーラ様、もう何回目ですか、その質問。大丈夫ですよ、最高にお綺麗ですから」

サラがなだめた。

「そ、そうかしら。ああ、でもやっぱり袖があった方が上品だったかしらね」

芸術座の初舞台の時より、ずっと緊張していた。

「ラーラ様」

ヘレンが普段の抑揚の少ない声で言う。

「ドレスは完璧でございます。しかしながら、あなた様がそのように落ち着きがないのでは、何もかも台無しになるでしょう。ご自身を信じて、胸を張ってお出ましになってください」

ラーラははっとした。

「ああそうね、そうよね。この日のために、頑張ってきたのだもの」

いつも通りのヘレンの叱責に、逆にラーラは心が落ち着いた。

ふいに控えの間の扉がノックされ、グレンが声をかけてきた。

「ラーラ様、そろそろお出ましのお時間になります」

ラーラはぐっと顎を引き、背中を伸ばした。

「では、行きましょう」

ヘレンが扉を開けてくれ、ラーラは迎えに出たグレンの手に自分の手をあずけた。

扉が閉まる前に、ラーラは振り返ってヘレンに声をかけた。

「いつもありがとう、ヘレン」

ヘレンの目がわずかに見開かれ頬に血が上る。無言で彼女は扉を閉めた。

廊下をグレンに案内されて進みながら、ラーラは何度も深呼吸した。

「今宵はいつにも増して、お美しいですね。ラーラ様、これなら皇太后陛下もご納得でしょう」

グレンが慈愛のこもった声をかけてくれて、ラーラはさらに心が穏やかになる。

大広間の観音開きの扉の前に、礼装のバイロンが待ち受けていた。

真っ白な軍服風の礼装姿だ。金モールと青いサッシュベルト、磨き上げられた長靴《ブーツ》が、惚れ惚れするほど男らしく似合っていた。

こんな美しく堂々とした男性に愛されているのだと思うと、ラーラの胸は愛情と誇らしさでいっぱいになる。

「ああ、ラーラ。素晴らしいよ、今日の君は最高に美しい」

バイロンが感に堪えないような声を出し、腕を差し伸べた。

「バイロン様……」

ラーラは頬を上気させ、彼の手に自分の手を載せる。温かく大きな手のひらに包まれると、先ほどまでの緊張が嘘のように消えていく。

「では出よう」

「はい」

バイロンが待機していた侍従たちにうなずくと、彼らがぱっと大きく左右に扉を開いた。

直後、広間から高らかなファンファーレが鳴り響く。

眩しいシャンデリアの光の下、二人は一歩一歩前に進んだ。

広間の中央を大きく開け、貴族たちがずらりと左右に並んで待ち受けている。

その中を、二人はまっすぐ前を見て進んでいく。

ラーラの光り輝くような姿に、期せずしてほおっという感嘆の声が客たちから上がった。

広間の中央に進み出ると、二人は向かい合った。

ラーラは右手をバイロンにあずけ、左手を彼の肩に置く。

ワルツの演奏を待つ一瞬、ラーラは情愛を込めてバイロンの瞳を見つめた。彼がかすかにうなずき、同じように気持ちを込めた視線を返してくれる。

緩やかに滑るようなワルツの曲が流れ始める。

同時に、他の客たちもいっせいに男女組みになり、ステップを踏み出す。

ラーラとバイロンも踊り始めようとして、二人は同時にぎくりと動きを止めた。

バイロンのリードと、ラーラのステップが真逆だったのだ。

「⁉」

ラーラはなにがなんだかわからず、息を呑んだ。

「ラーラ？」

バイロンが少し動揺した声を出す。

すでに踊り始めた他の客たちは、棒立ちになっている二人に戸惑ったような視線を投げ掛けてくる。

そのとき、ラーラは何が間違ったか気がついた。

（みんな左回り⁉）

ラーラがジェラールと練習したのは、ナチュラルな右回りのワルツだった。

だが、今この広間で皆が踊っているのは左回りなのだ。

（そ、そんな……！）

宮殿の舞踏会では、左回りのワルツを踊るのが決まりだったのか。

だが、逆のステップはひとつも覚えていない。

ラーラは身体中の血の気が、さーっと引いていくのを感じた。

「ラーラ、どうした？」

彼女の身体が小刻みに震え出したのを、バイロンだけが敏感に感じ取った。

「わ……たし……私……」

「左回りは覚えていないのか？」

（もうだめ……終わりだ。私は大事なこの場面で、踊れない……）

絶望感で頭が真っ白になる。

もう一歩も動けない。

どうしていいかわからない。

その瞬間、バイロンがぐっとラーラの腰を引き寄せ、ワルツを踊り始めた。

「!?」

ラーラも、その場にいた者全員も驚愕《きょうがく》した。

バイロンのワルツは右回りだったのだ。

「ラーラ、このまま私のリードで踊って――」

さっと耳元でささやかれた。

ラーラは涙目でバイロンを見上げる。

彼が励ますように力強くうなずいた。

（そうだ――バイロン様を信じて、お任せしよう）

ラーラは顎をきゅっと引き、バイロンの顔をまっすぐ見つめ、彼のリードに合わせて正確なステップを踏んだ。

バイロンはまるで優雅に水を泳ぐ魚のように、逆回りで人々の間をぬっていく。

それはまるで、あらかじめ演出されていたように、ごく自然で滑らかな動きだった。

（すごい……こんなに巧みにリードできるなんて）

ラーラは感動で胸がいっぱいになった。

戸惑って踊っていた客たちも、二人の堂々としたダンスに、やがて自然と受け入れた。

曲調が変わると、客たちは一組また一組とダンスの輪を抜けていく。

最後にはバイロンとラーラだけになる。

二人は広いフロアの隅々まで使い、優美に踊り続けた。

ぴったりと息の合った踊りに、客たちは誰もが魅了され、うっとりと見惚れていた。

ラーラも夢見心地だった。

最初の絶望感は、一気にめくるめくような陶酔感に変わり、愛する人の腕の中で彼の瞳だけを見つめ、くるくると舞った。

やがて、曲は静かに終わった。

広間の真ん中で、二人はぴたりとポーズを決めた。

万雷の拍手が起こる。

ラーラとバイロンは、息を弾ませながら微笑み合った。

「よくやったね、ラーラ。さあ、ご挨拶だ」

バイロンはラーラの右手を取った。

二人は四方の客に向かって、優雅に一礼した。

ますます拍手は高鳴り、止むことを知らなかった。

ラーラは安堵と幸福感で、頬を紅潮させて何度も礼をした。

芸術座で、主演女優の代役で急遽《きゅうきょ》歌った時の、あの鳴り止まないカーテンコールを思い出し、胸が熱くなった。

ただ、玉座の皇太后だけは不愉快そうに顔を背け、頬をぴくつかせていた。


舞踏会は休憩時間に入った。

その間、バイロンとラーラは、ソファや椅子で休んでいる客たちの間を回り、挨拶をした。

「さすが、陛下のお選びになった女性だけあります」

「お見事なワルツでした、感服いたしました」

「ほんとうに陛下は、素晴らしい方をお選びになりましたな」

客人たちは揃ってラーラを褒め称《たた》え、二人を祝福してくれた。

ラーラは終始、にこやかな笑顔を絶やさなかった。

その後、二人は各々の控え室で休憩することになった。

一歩大広間を出たとたん、ラーラは緊張の糸が切れ、ふらりと足がもつれてしまう。

「しっかり、ラーラ」

バイロンが力強い腕で、身体を支えてくれた。そのままラーラの控え室まで、抱えるように連れていかれた。

「ああラーラ様、お疲れでしょう」

控え室からサラが転がるように飛び出してきて、ラーラを支えた。

ラーラがソファにぐったり座り込むと、バイロンがそっと汗ばんだ彼女の額を撫でた。

「立派だった、ラーラ」

「バイロン様、私……」

あまりに緊張したので、頭の中がぐちゃぐちゃだ。

「しいっ、話は舞踏会が終わってからでいい。私はまだ賓客の相手をするため、もう一度大広間にもどる。君は、次のダンス再開の時間まで、ゆっくり休んでおいで」

バイロンが優しく声をかけ、さっと控え室を出ていった。

「お疲れさまでございました。ラーラ様、よく最後まで踊られました」

ヘレンが、冷たい炭酸水の入ったグラスを盆に載せて差し出した。

ラーラはひと息に水を飲み干し、深いため息をついた。

「私……よもや左回りのワルツだなんて思わなくて……心臓が破裂するかと思ったわ……」

「――だから、あなたに大公の妃など、似合わないと言ったんです」

ふいに戸口から声がして、礼服姿のジェラールが現れた。

ラーラははっと身を起こした。

ジェラールは手を振って、ヘレンたちに下がるよう合図した。

サラやヘレンは、気遣わしげな顔をしたが、黙って次の間に引き下がった。

ラーラはキッと、近づいてくるジェラールを睨んだ。

「どうして、宮殿の舞踏会は左回りのワルツだって教えてくださらなかったんですか？　大公弟のあなたが、ご存じないはずがないでしょう？」

王宮で唯一親切にしてくれると思っていたジェラールの、卑劣な行為に怒りがこみ上げてくる。

「おや、私は言いそびれてましたかね」

ジェラールがおどけた仕草で肩を竦めたので、ラーラはかっと頬が熱くなった。

「ひどい……！」

怒りに、握りしめた拳《こぶし》がぷるぷる震えた。

ジェラールが小さくため息をついた。

「やれやれ――舞踏会であなたが立ち往生し、泣きながら逃げ出し、城を出ていこうとするところを私が優しく慰めて引き止める、という筋書きだったんですがね。兄上は、とっさの判断力に優れている。弟の私など、到底敵《かな》わないですよ」

ララは目を見開く。

ふいにジェラールの表情が引き締まった。

「確かに、母上から、あなたに間違ったワルツを教えるよう指示されました。母上は、自分の選んだ花嫁候補たちを兄上がことごとく振ってしまったのは、あなたのせいだと思って、随分と恨んでいるみたいです。母上は頑固な方だ。皇太后が健在な限り、あなたが妃になったら、しょっちゅうこういう嫌な目に遭うことになるんですよ」

ララは、玉座から怒りを含んだ眼差しで、こちらを睨んでいた皇太后の顔を思い出す。

「……それでも、私はバイロン様を……」

「私では、だめですか？」

ララはぽかんとした。

「宮殿には旧《ふる》いしきたりが多すぎて、地方貴族の娘のあなたには荷が重すぎる。でも、私なら大公というしがらみはない。ずっとあなたは、心安らかに暮らせますよ」

ラーラはまじまじとジェラールの顔を見た。

彼の顔は真剣そのものだった。

ジェラールは、ソファの前に跪いた。

「ねえラーラ。私はあなたがとても気に入っている。私ではだめですか？」

ラーラは、突然の大公弟からの告白に戸惑いを隠せなかった。

だが、彼女はすぐにきっぱりと答えた。

「ジェラール様――お気持ちはとてもありがたいですが、私はもうバイロン様に人生をあずけようと決めているのです。この先、どんなに辛く苦しいことがあろうと、私は絶対逃げないと、自分に誓ったのです」

ラーラはぶれない視線で、まっすぐジェラールを見た。ジェラールの表情が、みるみる青くなる。

「そう――あなたも兄上がよいのか。いつだってそうだ。母上も、宮殿の者たち全員も、兄上兄上――だ！」

突然ジェラールは立ち上がり、足音高く部屋を出ていってしまった。

ラーラは心底疲れ果て、ソファに力なく身をもたせかけた。

確かに、今回の舞踏会の件を見ても、この先の宮殿での暮らしは、平坦でないだろうと予測はついた。思わず逃げ出してしまいたくなる。

(でも、私にはバイロン様がいる。一生私の味方になってくださると、きっぱりおっしゃってくれた……)

と、こつこつと控え目に次の間から扉をノックする音がした。

「……ララ様、少しだけ、よろしいですか?」

ヘレンだった。

「あ、ええ、いいわよ」

ヘレンが音もなく控え室に入ってきた。

彼女はいつになく言いづらそうに、立ち尽くしている。

「どうしたの? ヘレン、話があるなら言ってちょうだい」

「ララ様……」

ヘレンがふいに深々と頭を下げた。

「申し訳ありませんでした」

「え?」

「ララ様が、初めてこの城においでになった日。私は、わざと間違った晩餐のドレスをお勧めしました」

「――ヘレン……」

オレンジ色のアフタヌーンドレスを着て、晩餐会で公室の人たちからひんしゅくを買ったことを思い出した。

ヘレンは痩せた身体を二つ折りにして、頭を下げ続ける。

「私は——ずっと皇太后様付きの侍女頭で、それなりに誇りを持って働いておりました。そこへ突然、あなた様のお付きになるよう命を受け、恨みがましく思っておりました。それで、あんな愚かしいまねをしたのです。ずっと、あなた様にはよい感情を抱いておりませんでした」

「そんなこと……」

ヘレンが胸の内をさらけ出すのは、初めてだった。

「でも——このごろは、違いました。一生懸命に宮殿に馴染もうと努力するあなた様のお姿に、少しずつ、敬意を感じておりました。そして、今宵——ワルツで窮地に立ったラーラ様が、堂々と大公陛下とともにそれを乗り越えたのを拝見し、ほんとうに、心から敬服いたしました」

「ヘレン……！」

ラーラは感激でこみ上げるものがあった。

この古参の侍女頭の言葉に、今までの苦労がすべて報われる思いだった。

「どうぞ、不敬罪に等しい罪を犯した私を、罰してください。城を追い出されても仕方のないことをしでかした、と思っております」

一気にそう言うと、ヘレンはじっとそのまま頭を下げ続けた。

「ヘレン――正直に言ってくれて、ほんとうに嬉しいわ」

ララはそっと声をかけた。

「あなたみたいにしっかりした侍女頭がいてくれて、私、ほんとうに心強いの。みんなが新参者の田舎娘の私を心良く思ってないことは、わかっているわ。でも、私、負けないから。きっと、バイロン様にふさわしい淑女になってみせるから。だから――これからも私を助けてちょうだい」

ヘレンが顔を上げた。顔が苦しげに歪《ゆが》み、目に涙が浮かんでいる。

「ラ、ララ様……っ」

ララはヘレンの骨張った手をそっと握った。

「お願い」

「は……はい……」

ヘレンは嗚咽を噛み殺して、深くうなずいた。

ララはそれまでの疲れが一気に吹き飛ぶほど、嬉しかった。

(きっと、一生懸命努力すれば、皇太后様にもいつかわかってもらえる日がくるわ。そうよ、信じるの、自分を、バイロン様の愛を……)

舞踏会は午前零時《れいじ》過ぎまで続き、ラーラとバイロンが解放されたのはすでに深夜であった。

ゆったりとした寝間着に着替えたラーラは、一緒にバイロンの私室に戻った。

「今日はほんとうに疲れただろう」

バイロンが手ずからワイングラスにワインを注ぎ、ラーラに差し出した。

「いいえ、学ぶことも多くて、とても充実した一夜でした」

ラーラはグラスを受け取りながら、にっこりした。

一口ワインを含んだバイロンは、深いため息をついた。

「今回の、弟の件、許してほしい。よもやジェラールが母上と結託するとは——」

ラーラは首を振った。

ジェラールとのことは、間違ったワルツを教えられたことだけ、バイロンに話した。彼から告白されたことは、黙っていた方がいいと思ったのだ。

「いいえ——バイロン様がとっさに右回りをリードしてくださって、ほんとうに助かりました」

ラーラは屈託なく微笑んだ。

「次までに、左回りのステップも完璧に覚えておきますから」

バイロンは目をしばたたいて、愛おしそうに彼女を見た。

それから、彼はバルコニーへ続く観音開きの窓をゆっくり押し開いた。さっと柔らかな春の夜風が部屋に流れ込む。

バルコニーへ出たバイロンが、ラーラを振り返って呼んだ。

「おいで、星が綺麗だ」

「はい」

ラーラはバルコニーへ行き、バイロンの側に並んで立った。

見上げると、澄み渡った夜空に星が降るようだ。

手すりにかけた手を、バイロンがそっと握ってくる。

「今日の君は、とても勇敢だった——君という人を知れば知るほど、私は愛が深まるのを感じるんだ」

「バイロン様……」

胸が温かい気持ちでいっぱいになる。たとえ、宮殿で孤立無援になっても、バイロンさえいれば大丈夫、と思う。

「この国は、建国三百年になる。その間に、旧い慣習やしきたりが宮殿をがんじがらめにしてきた。私は、もっと開かれた新しい公室を目指したい。相当の逆風があるだろう。それに向かっていくには、身分や財産だけのお飾りの妃などではない、君のようなしなやかな感性と勇気を持った女性が必要だ。日ごとに、君しかいない、と私は確信を強くする」

　バイロンが肩を抱き寄せた。

「私にずっとついてきてくれるね？」

　ラーラは身体を彼にあずけ、こくんとうなずく。

「もちろんです。あの海辺のプロポーズの時から、心を決めていました」

「ラーラ――」

　バイロンが背後から、卵を抱える親鳥のように優しく抱きしめてきた。

　彼の息づかいと鼓動を背中越しに感じ、胸がどきどき高鳴る。

「君とワルツを踊りながら、私はとても昂っていた。あんなにセクシーなワルツを踊ったのは、初めてだったよ」

　うなじにバイロンの熱い唇が押し付けられると、ぴくりと肩が竦んだ。

「あ……」

　大きな手のひらが、胸元を弄り、乳房に触れてくる。まろやかな乳房を繰り返し掬《すく》い上げられ捏《こ》ねるように揉まれると、身体が昂り息が乱れてしまう。

「ん、や……あぁ……」

　艶めかしい鼻声が漏れてしまう。

　ふいにバイロンが寝間着の帯びを解き、ラーラの上半身を剝いてしまった。

「あっ……」

一気に晒《さら》されて、乳房は張りつめ乳首が硬く凝ってしまう。

「踊っている時から、ずっと君を抱きたかった」

こりこりと尖った乳首を指先で摘まれると、鋭い刺激に下腹部がじわりと蕩けてくる。

「や……こんな……外で……」

最上階すべてはバイロンの専用で、他に誰もいないとわかっていても、閨《ねや》での秘め事を外で行うことには抵抗があった。

「でも、興奮している？」

背後からバイロンの片脚が、ラーラの足の間を擦るようにして、膝頭がいやらしく股間を刺激してくる。

「あん、や、んっ……」

疼き始めた秘裂を硬い膝で擦られると、じんじん甘く痺れ、腰が砕けそうになった。

思わずバルコニーの手すりにしがみついた。

「可愛い声だ——もう身体が熱くなっている。たまらないね」

バイロンが背後から羽交い締めにするようにきつく抱きしめ、片脚で押し開いた股間を手で弄ってくる。

「あぁんっ」

淫唇にぬるりと男の指が入り込み、その冷たい感触にぶるっと震えた。

「ほら、もうすっかり濡れて――」

耳殻やうなじに唇を押し付け、高い鼻梁で擽りながら、バイロンが艶めいた声でささやいた。確かに花唇は、あっという間に濡れそぼってしまった。

「はぁ、あぅ」

秘玉を掠《かす》められて、そこがどくんと膨れていく。

「ここも尖ってきて、いやらしいね」

溢れてくる愛蜜を塗り込めるように、ぬるぬると淫核を擦られると、どうしようもなく甘く感じてしまい、いやらしく身悶えてしまう。

「気持ちいいだろう？」

「あっ、や、あ、あぁ、あ」

バイロンは、もうすっかりラーラがどうすれば感じてしまうか把握していて、彼の的確な愛撫《あいぶ》に、悔しいくらいに感じてしまうのだ。

「ん、ぁ、だめ、そこ、そんなにしちゃ……あぁ……」

包皮からもたげた花芯を円を描くように指で擦られたり、きゅっと強めに摘み上げられたりすると、はしたないほどに気持ちよくなっていまい、淫蜜が溢れて太腿まで滴《したた》ってくる。

「君が感じると、私まで、ほら——」

バイロンが背後からぐっと股間を押し付けてくる。薄い寝間着を通して、熱く張りつめた男根がお尻の割れ目にぐりぐりと押し付けられ、淫らな気持ちが煽《あお》られる。

「いや、あ、そんなに、ああ、だめ……」

前からぐちゅぐちゅと蜜口を指先で掻き回され、背後から硬い屹立で尻の割れ目を擦られ、もはや手すりに縋っていないと頽れそうだ。

「ぁ、あぁ、は……んんんぅ」

乱れてしまうのが恥ずかしくて逃れようと身を捩ると、その動きがかえってぴったり押し当てられた男根を刺激し、ますますそれは熱く張りを持つ。

「ふふ——いけない令嬢だ、そんなふうに私を誘って」

耳孔に低く色っぽい声を吹き込まれ、背中がぞくりとする。

「や……違う……そんなぁ……」

頬を上気させて首を振るが、身体の疼きは高まりきって、隘路がどくどくと脈動し、男自身を求めて蠢いてしまう。

「私が、欲しい？」

痕《あと》が残りそうなほどうなじを強く吸い上げられ、びくりと身体が震えた。

「……う、やぁ……そんなこと……」

とても言えない。

けれど、充分すぎるほど弄られた恥部は、飢えて苦しいほどバイロンを求めていた。

バイロンが寝間着の前をはだけ、直にそそり立つ男性自身を尻の割れ目に擦り付けてくる。その卑猥な刺激に、子宮口がきゅうっと音を上げた。

「言ってごらん」

男の舌が意地悪く耳朶の後ろを舐ってくる。そこはひどく感じやすくて弱いのだ。

「ひっ……は、ぁ、あ、ひどい……」

息を乱して身を竦める。

「こんなに愛おしいのに、求める時にはいじめてしまう——意地悪くして、君を泣かせるのが、ぞくぞくする」

秘裂を弄る指が三本に増やされ、膣襞を押し広げるようにぐちゅぐちゅと乱暴に掻き回してくる。

「あっ、あ、ぁああ」

思わず隘路が指を締め付け、腰が浮いた。

「やぁ、もういじめないで……あぁ、お願い……」

耐えきれない劣情に、ラーラは首を捻《ひね》って潤んだ瞳でバイロンを見上げた。

「バ、バイロン様……欲しい……です、あなたが、欲しいの……」

恥ずかしい台詞《せりふ》を一度口にしてしまうと、羞恥心《しゅうちしん》がにわかに薄れた。

自分で寝間着の裾《すそ》を捲《まく》り上げ、まろやかな尻を剝き出しにし、後ろへ突き出す。

「ください……ここに……バイロン様の太くて逞しいものを……」

「ああ――ラーラ」

バイロンがぐっと双臀《そうでん》を摑み左右に割り、さらに足を開かせる。

「あ、あ」

熟れた秘裂に、男の猛《たけ》る肉塊を感じてぶるっと戦慄《わなな》いた。

「はぁっ、あっ」

荒々しく熱い屹立が挿入され、根元まで深々と突き刺さる。

「あ、あ、あぁ、あーっ」

ラーラはバルコニーの手すりをぎゅっと摑み、びくびくと全身を痙攣させた。挿入されただけで、軽く達してしまった。

「っ――もう極めてしまった？」

ゆっくりと抜き差しを開始しながら、バイロンがくぐもった声を出す。

「はぁ、あ、ちが……」

「違わないな、こんなにとろとろに蕩けて――」

ふいに力強くずんと押し入れられ、

「ひぅ、あぁぁっ」

再び短く絶頂を極める。

「ふふっ――また達した」

耳孔に熱い息とともに、含み笑いが吹き込まれた。普段、清廉で誠実なバイロンの声とも思えぬ、猥雑で刺激的な響きを帯びている。

「や……ひどい……こんな」

自分でも信じられないくらい、感じやすくなっていた。

「いいんだ、なんどでも達くがいい」

激しい抽挿が始まり、バイロンの引き締まった腰が穿たれるたび、ラーラの腰も淫らに跳ねた。

「あ、はぁ、あ、奥……あぁ、だめ、あ、また……っ」

何度も角度を変え、ラーラの一番感じやすい箇所を的確に突き上げてくる。その度、恥ずかしいほど大量の愛潮が噴きこぼれた。

「すごいよ――ラーラ、熱くて狭くて――」

バイロンが切迫した声を漏らし、背後から揺れる乳房をぎゅっと鷲掴《わしづか》みにして、乱暴に揉みしだいた。その勢いで身体がまっすぐ起き上がり、ほぼ真下から突き上げられる形になり、最奥までごつごつと硬い亀頭が打ち付けられる。

脳芯まで甘く痺れた。

「あはぁ、あ、あ、そこ、だめ、あ、すごく……て」

気持ちよすぎて、全身から力が抜け、目尻から口の端から、涙や唾液が溢れ放題になる。

「よいか？　感じるか？」

「んぅ、んん、あ、感じる……気持ち、いいっ……」

奥を突かれるたびに、全身に激烈な愉悦が駆け抜け、意識が薄れていく。

「私もだ——とてもよい、ラーラ、唇を——」

口づけを求められ、上半身をねじるようにして振り向き、男の唇にむしゃぶりつく。

「んんんぅ、は、ん、ん、くちゅ……ん、くちゅ」

舌をきつく絡ませ、互いの唾液を啜り口腔を掻き回す。

淫らな喘ぎ声も呑み込まれそうなほど、激しい口づけ。

その間も、男の律動は縦横無尽に媚肉を掻き回す。

「ふぁ、あ、すご……い、あぁ、感じる……あぁ、バイロン様」

深い口づけの合間に、甲高い嬌声を上げながら、ラーラは数えきれないほど絶頂を極めた。

達したところからさらに上り、より深い快感へ辿り着き、そこから降りることなく頂点に達したままになる。

脳芯が愉悦で焼き切れ、理性が弾け飛び、ラーラは恐怖すら感じた。

「んぁ、あ、だめ、もう……許して……ください、おかしく……」

艶やかな髪を振り乱し、ラーラは懇願するようにむせび泣いた。

「く──なんて顔をするんだ、ラーラ」

バイロンがくるおしげな息を吐き、隘路の中でどくんと剛直がさらにひとまわり大きく膨れ上がる。

「あ、あ、大きぃ……ふ、ぁ、あ、いっぱいに……」

「好きか、これが、いいか？」

「んぁ、す、好き……ぁあ、好き」

いつしか、ラーラの腰も男の動きに合わせて、淫猥にうねっていた。

同じ律動を刻み、同じ快感をわかち合い、互いに高みへ目指していく一体感。

それが、愛する人と身体を重ねる何よりの幸せだ。

「は、はぁ、あ、好き……バイロン様、愛しています……っ」

「私も、愛している──私だけのラーラ」

「あぁっ、バイロン様っ……」

めくるめく喜悦の先に、目の眩むような天国が待っている。

「だめ、あ、また、達きそう、もうだめ、あぁ、だめ、お願い……一緒に……っ」

「ああ——私も終わりそうだ——出すよ、君の中に、ラーラ」

「あぁぁ、あ、来て、ぁあ、ください、いっぱい……あぁぁぁっっ」

びくびくとバイロンの腰が痙攣した。

直後、最奥に大量の欲望の飛沫《しぶき》が吐き出される。

「んんっ、あ、はぁ、あぁ、あ……」

ラーラの膣襞も断続的に男の肉胴を締め付け、熱い白濁をことごとく受け入れる。

その度、また深く感じてしまい、ラーラは手すりに身をもたせかけて悦びに打ち震える。

「はぁ、は、はっ……はぁ」

二人はしばらくぴったり繋がって、愉悦の余韻に浸った。

バイロンがそっと抜け出ていく喪失感にすら、甘く感じてしまう。

「愛しているよ」

バイロンが唇を求めてくる。

「愛しています」

そっと舌を差し出し、温《ぬく》もりを確かめ合うような口づけを交わす。
バイロンの情熱的な愛さえあれば、きっとこの先も頑張れる――。
ラーラはまだ全身を満たす甘い愉悦を噛み締めながら、そう確信するのだった。

第四章　蜜月《みつげつ》

ラーラが城に入って、三ヶ月が過ぎた。

季節は巡り、初夏に入ろうとしていた。

語学、教養、礼儀作法の勉強、その間に宮殿の行事に参加等、ラーラの毎日は多忙を極めていた。

皇太后《こうたいごう》は相変わらず冷徹な態度を崩さず、あの日以来、大公弟ジェラールはしきりに意味深な眼差《まなざ》しを送ってくる。ラーラの宮殿での緊張感は、半端ないものだった。

その日の終わりには身も心も疲れ果ててしまうが、バイロンに甘く情熱的に抱かれると、また新たなエネルギーが満ちてくるようで——。

バイロンの愛に抱かれ、今まで想像もできなかったような悦楽を与えられ、それが日ごとに深まっていく。

それだけで幸せだった。

その日、公室の恒例の騎馬連隊《きばれんたい》パレードが行われた。

季節の変わり目ごとに執り行われる華やかなパレードで、各国の賓客《ひんきゃく》も招き、沿道で一般の民も見学を許され、それは盛大な式典だ。

乗馬が得意で、軍隊の最高司令官でもあるバイロンが、先頭になって行進するのだ。

公室の人々は、沿道に設《しつら》えられた特別観覧席で、騎馬連隊パレードを観覧することになっている。

ラーラはバイロンの計らいで、列席することを許された。

それも最前列の席だ。

皇太后や大公弟と並ぶことに、少しだけ気後れを感じる。だが、バイロンが率先してラーラを婚約者として世間にお披露目しようとしてくれている心遣いに、応えようと思った。

「まあ、ラーラ様、大輪の薔薇《ばら》の花が咲いたように艶《つや》やかですわ！」

姿見の前で、ラーラの仕度《したく》を手伝っていたサラが、感嘆の声を漏《も》らす。

この日のために、ひときわ華やかなドレスを仕立てた。

この国の初夏に咲き始める赤薔薇をイメージし、スカートにドレープをたっぷり寄せた深紅のドレスは、ラーラの透き通るような白い肌《はだ》を際立たせ、華麗で気品に満ちていた。

「ほんとうに。このドレスを、華やかさに負けないように着こなせるお方は、そうそうおられないでしょう」

普段めったに褒めないヘレンまで、満足げにうなずいた。

ここのところ、ラーラはめっきり艶を増し、初々《ういうい》しい美貌《びぼう》に女らしさが加わり、公室の女性らしい立ち居振る舞いも板についてきた。


首都のメインストリートの歩道は、すでに観衆で埋め尽くされていた。

折しも天気は快晴。

食べ物の屋台なども軒《のき》を連ね、お祭り騒ぎである。

賓客と公室関係者は、公室御用達《ごようたし》のインペリアルホテルの前の特別観覧席に、混乱を避けるためホテルの裏口を抜けて案内された。

皇太后、大公弟、前大公弟と、位の高い順番に席に就き、その度に沿道から拍手と歓声が上がった。まだ正式な公室の身分はないラーラは、一番最後に案内された。

グレンに手を取られて、一番端の特別観覧席にラーラが姿を現すと、どうっとひときわ大きな歓声が上がった。

宮殿に入ってから、ラーラが公式に公の席に姿を現すのは初めてだった。

人々は、かねてから噂《うわさ》の大公の婚約者を、期待と好奇に満ちて待ち受けていたのだ。

「あの方が、大公様の婚約者だ」

「なんと美しい！」

「美人揃《ぞろ》いの公室の中でも、抜きん出ているじゃないか」

人々は、ラーラの眩《まぶ》しいほどの美貌におおいに沸き立った。

劇場とは比べ物にならないほどの観衆の歓声と拍手に、ラーラは喜びとともに緊張も高まる。

（国民の人たちに、大公陛下にふさわしい婚約者と認めてもらうのも、大事な役目だわ。にこやかに、堂々と――）

ラーラは背筋をすっと伸ばし、まっすぐ前を向いた。

真ん中の席に座している皇太后が、じろりとこちらを睨《にら》む気配がしたが、ラーラは笑みを浮かべた表情を崩さないように耐えた。

やがて、通りの向こうから賑《にぎ》やかな行進曲が聞こえてきた。

わあっという歓声が、徐々に近づいてくる。

公室の一員として振る舞う緊張感の中にも、生まれて初めて見る騎馬連隊パレードに、ラーラは心が浮き立つ。

まず、公室音楽隊が勇壮な曲を演奏しながら行進してくる。

国の色であるオレンジ色の制服が鮮やかだ。

そして、その後ろから――。

真っ白な毛並みの見事な馬に跨《また》がって、白い軍服姿のバイロンが姿を現す。

その後ろには、オレンジ色の制服に身を包んだ騎馬連隊が続く。

総勢五十騎。全員艶々した黒馬に跨がっている。馬の歩行は、一糸乱れぬ見事な動きだ。

オレンジ一色の騎馬兵の中で、一服の清涼剤のように爽《さわ》やかなバイロンの姿に、人々の熱狂は最高潮に達した。

「大公陛下《へいか》万歳!」

「大公陛下に幸あれ!」

みな口々に、バイロンを称《たた》えた。

バイロンは馬を並足にさせ、胸を張って進んでくる。

(ああ……なんて堂々として、ご立派なんだろう)

ラーラはあまりの感動に、胸が熱くなった。

これほどまでに民に支持されている大公の愛を、一身に受けている自分にも誇らしさが湧き上がる。

特別観覧席の前に来ると、バイロンはさらに馬の足を遅くし、ゆっくりと進んでいく。皇太后も、我が子の晴れ姿に目を潤ませている。

特別観覧席の一番端のラーラの前に、バイロンが近づいてきた。

ラーラは万感の思いを込め、バイロンを見上げた。

バイロンも同じような熱い視線を投げてくる。

彼がすっと軍帽に手をやり、敬礼した。

おおっと人々がどよめいた。

「大公陛下が婚約者に敬礼したぞ！」

「彼女だけ、特別に！」

ラーラはあまりの栄誉と喜びに、目眩《めまい》がしそうだった。

と、その時だった。

ふいにバイロンの乗った白馬が、足並みを乱した。

バイロンはすぐに手綱をさばく。しかし、白馬は首を振り立てて右へ左へと、ジグザクに動き出す。あきらかに馬の様子がおかしい。

ざわっと周囲に不穏な空気が走る。

「ひひーん！」

白馬が突如、後ろ足で立ち上がり、大きく反り返った。

「ああっ!?」

ララは、思わず席から立ち上がった。

白馬は後ろ足をもつれさせ、そのままどうっと石畳に転倒した。バイロンは、もろとも倒れ、馬の下敷きになった。

人々から大きな悲鳴が上がる。

演奏がぴたりと止まり、騎馬兵たちが馬を止め飛び降りて、バイロンに駆け寄った。

「あ、あ——バイロン様！」

ララは思わず飛び出そうとして、自分の立場を考え必死で堪《こら》えた。

白馬は起き上がれず、口から泡を吹きながらじたばたしている。

騎馬兵たちが、馬の下敷きになったバイロンを助け出した。

バイロンは右手を押さえ、よろよろと立ち上がった。

大公陛下の無事な姿に、人々からいっせいに安堵《あんど》のため息が漏れた。

皇太后が重々しい声を張り上げた。

「なにをしておる！　パレードは中止である！　大公陛下を早くホテルへお移しせよ！　すぐに医師を！」

バイロンは騎馬兵たちに囲まれ、特別観覧席の間からインペリアルホテルの中へ運ばれた。

ララは気が動転し、その場に立ち尽くした。

皇太后が侍女《じじょ》に支えられ、立ち上がる。

「賓客の皆様、このような見苦しい事態になりましたことを、心からお詫《わ》び申し上げます。係の者がホテルの貴賓室へご案内いたしますので、大公陛下の容態がはっきりしますまで、どうかそこでお待ちください」

さすがに大公代理を務めただけあり、不測の事態にも皇太后は落ち着いている。

賓客たちが侍従に案内され、一人一人ホテルの中に姿を消す。

公室の者たちも、それぞれの侍従に従い、席を立った。

グレンがホテルの正面扉から姿を現し、ラーラにそっと声をかけた。

「ラーラ様、取りあえずホテルのロビーへお入りください」

呆然《ぼうぜん》としていたラーラは、はっと我に返った。

特別観覧席には、皇太后とラーラしか残っていなかった。

「わ、私は最後に——皇太后様、どうぞお先に」

ラーラが声をかけると、皇太后は憮然《ぶぜん》とした表情で睨んだ。

「そなたのせいではないのか?」

ラーラは息を呑む。

皇太后は、怒りに満ちた声で言った。

「そのような、真っ赤なひらひらしたドレスなど着てくるから、馬が興奮して暴《あば》れたのだ！　獣は赤い布に反応するというではないか！」

確かに、それまで落ち着いて足を進めていた白馬が、ラーラの席の前に来たとたん、異常な行動になった。

「わ……たし……」

言い返すこともできず、ラーラは唇を噛んだ。

「やはり、そなたは疫病神《やくびょうがみ》よの」

吐き捨てるように言うと、皇太后は傲然《ごうぜん》と顔を上げ、その場を立ち去った。

「参りましょう、ラーラ様」

グレンが優しく促した。

ラーラは、涙を堪えるのが精一杯だった。


インペリアルホテルの一室に通され、ラーラは椅子《いす》にじっと座り、組んだ両手を胸に当てうつむいていた。

（立ち上がれたとはいえ、あんな重い馬の下敷きになったのだ。バイロン様にひどい怪我《けが》がありませんように――）

心の中で必死に祈った。

数時間後、扉がノックされ、グレンが静かに入ってきた。

ラーラは弾《はじ》かれたように立ち上がった。

「グレン、バイロン様の容態は!?」

グレンは穏やかな声で答えた。

「右の手首を骨折なさいましたが、後は軽い打ち身のみで、命に別状はございません」

「ああ……」

命に別状はないと聞いてほっとしたものの、大怪我を負ったことに、胸が締め付けられるように痛んだ。

「お会いできませんか？　お怪我に障《さわ》るようなことはしませんから——ほんの少しだけでも、お顔を……」

縋《すが》るように言うと、グレンが安心させるように微笑《ほほえ》んだ。

「私は、大公陛下からラーラ様を呼んでくるようにと命を受け、お迎えに上がったのですよ」

グレンに案内され、ホテルの最上階の特別室に向かう。

警備兵が守る扉の前まで来ると、ちょうど皇太后がお付きの侍女と出てくるところだった。

「あ」

ラーラが慌てて頭を下げると、皇太后は冷ややかな声で言う。

「よくもずうずうしく、ここまで来れたものだ」

「恐れながら、皇太后様。大公陛下が直々《じきじき》に、ラーラ様を呼ばれたのです」

グレンが慇懃《いんぎん》に言葉を挟む。

「ふん」

皇太后は胸をそびやかせ、そのままラーラの横を通り過ぎた。

「どうぞ、お入りください」

促され、ラーラは遠慮がちに扉をノックした。

「バイロン様……ラーラです」

「入るがいい」

いつも通りのバイロンの声色だ。

ラーラはそっと扉を開け、部屋に入った。

クラシカルな豪奢《ごうしゃ》な造りの居間の奥の寝室に、大きなベッドに身を横たえたバイロンがいた。

軍服は脱いでいて、ゆるりとしたチェニック風の部屋着姿だ。

少し顔が青ざめているが、こちらに向けた目は生気に満ちている。

だが、右手に添え木と共に巻かれた白い包帯が、痛々しい。

「心配かけたな、おいで」

手招きされ、夢中でベッドに駆け寄った。

抱きつきたいところをぐっと抑え、床に跪《ひざまず》いて彼を見上げた。

「ああ御無事で……でも、ひどい怪我をされて……」

涙を浮かべるラーラに、バイロンがおどけたように包帯の手を軽く上げてみせた。

「落馬には慣れているのだが、今回は油断した。おかげで衆人環視の中で、大公としてはみっともない姿を晒《さら》してしまったよ」

「ごめんなさい……私のせいで」

ラーラは堪えきれず、ベッドに顔を埋《うず》めて嗚咽《おえつ》した。

バイロンが左手で髪の毛を撫《な》でた。

「どうしたのだ？　なぜ君が泣く。君のせいではないだろう？」

「で、でも……」

ラーラはしゃくり上げた。

「わ、私が、こんな赤い派手なドレスを着たせいで、御馬が暴れたんです。私が不注意だったんです……許してください」

バイロンが軽く笑い声を上げる。

「はは、確かに馬は神経質で驚きやすい動物だ。だが、赤い色に興奮するというのは、迷信だよ。愛馬は、なにか他のことで暴れたのだ。決して君のせいではない」

ラーラは泣き濡《ぬ》れた顔を上げた。

「ほ、ほんとうに？」

「もちろんだ」

ひどい怪我を負ったのに、ラーラを気遣ってくれる優しさが身に染みる。

ラーラは涙を拭《ぬぐ》い、バイロンの包帯の先から覗《のぞ》く指にそっと触れた。

「でも、ひどいお怪我を――痛みますか？」

「今はそれほどでもないな。ただ、利き腕が当分使えないのが、厄介だ」

それから彼は悪戯《いたずら》っぽく片目を瞑《つぶ》った。

「とりわけ、君を抱くのが不自由なのが困るな」

ラーラはぽっと耳朶《じだ》まで赤くなり、恥ずかしげに言い返した。

「もうっ、ひどいわ。私は本気で心配しているのに、茶化したりしてっ……」

「ははは、すまぬ……だが」

バイロンが、左手でそっとラーラを抱き寄せた。

「心配させ、泣かせてしまって。すまない」

変わらぬ温かい胸に抱かれ、ラーラは全身に愛情が満ちてくる。

「いいえ、ちっとも。バイロン様のために心を砕くのが、私の役目ですから」

「嬉《うれ》しいことを――」

熱い吐息が頬《ほお》を擽《くすぐ》り、しっとりと唇を塞《ふさ》がれた。

「ふ……ん」

長時間やきもきしていた分、バイロンの無事な姿を見て、心のたがが外れやすくなっていた。唇を開き、男の舌を招き入れる。

「は……ぁ、ふぅん」

バイロンの舌が浅く深く、口腔《こうこう》を掻《か》き回し、咽喉奥《のどおく》から口蓋《こうがい》までねっとりと舐《な》め上げてくると、心臓がどくどく熱く脈打つ。

バイロンの舌に自分の舌を絡め、溢《あふ》れた唾液を啜《すす》り上げると、身体中が熱を帯び、頭がぼうっとしてくる。

「ラーラ――」

男の息が荒々しくなり、声が欲望に掠《かす》れてくる。濡れたバイロンの唇が、ラーラの首筋から胸元をゆっくりと這《は》い回ると、どくどくと下腹部に血流が駈け回る。

「あ……だめ……お怪我に障ります」

それ以上はいけないと、ラーラはそっとバイロンを押し返そうとした。

「私は――愛馬が跳ね上がり、空中に放り出された時、一瞬だが、死が頭を掠めた」

なにを言い出すのかと、ラーラははっと彼の顔を見る。バイロンは熱を込めた妖《あや》しい表情で、見返してくる。

「地面に叩《たた》き付けられた瞬間、私は君を想った」

「バイロン様」

バイロンはラーラの薔薇色に染まった頬を、左手で愛《いと》おしげに撫でた。

「君の熱い肉体を、想った」

頬を撫でていた手が、ラーラの右手を取り、そっと自分の股間《こかん》に導いた。

そこは硬く漲《みなぎ》ってた。

「こんなにも、君が欲しい」

ラーラの下腹部も、淫《みだ》らに火照《ほて》ってくる。だが、怪我を負ったばかりの彼に負担はかけたくなかった。

「私は……どうすればよろしいでしょう？　バイロン様のお役に立ちたいの」

バイロンは少し躊躇《ちゅうちょ》した後、部屋着の裾《すそ》を捲《まく》り、前立てを緩めて滾《たぎ》る剛直を取り出した。彼は、目尻《めじり》をかすかに染めて言う。

「ここを——君の唇と舌で、慰めてくれるか？」

「唇で……」

ベッドへ上がるとラーラは躊躇《ためら》うことなく、バイロンの下腹部へ顔を寄せた。

そこを口で慰めたことはないが、いつもバイロンが自分の陰部を口唇で愛撫してくれることを思い出すと、どうすればいいか本能的にわかるような気がした。

「ん……」

傘の張った先端に、おずおずと舌先で触れてみる。

ぷんと雄の匂《にお》いがし、亀頭の裂け目から溢れる先走りがかすかに舌に痺《しび》れた味を残す。

陰茎の根元に手を添え、躊躇いがちに、先端から太く血管の浮いた肉胴を舐め下ろし、再び舐め上げていく。

「あ――ラーラ」

バイロンが深いため息をついた。

「んぅ……ふ、んんっ」

亀頭の括《くび》れまで舌で舐め回すと、そっと先端を口に含んだ。

バイロンの男根は長大で、すべてが口腔に収まりそうになかったが、徐々に頭を落として、咽喉奥まで呑み込んでいく。

「く……くちゅ、ふ、ちゅ、んんんっ」

唾液でぬらつく剛直を、舌で舐め回しながら、唇で扱《しご》いた。

透明な先走りがひくつく鈴口から溢れ、唾液と混じり合ったそれが口の端から淫猥《いんわい》に溢れ出す。

「ラーラ――ラーラ」

バイロンが感じ入った声を出し、左手が頭を撫で回す。バイロンが心地好くなっているのだと思うと、ラーラの隘路《あいろ》まで興奮でじくじくと濡れてくる。

「んちゅ、ちゅぱ……はぁ、ふぁ、ちゅ……んんぅ」

夢中になって頭を振り立て、口唇で肉棒を扱き上げた。

濡れた舌の上を、脈動する血管が擦《こす》り上げると、艶《なま》めかしい疼《うず》きが下腹部から湧き上がり、股間が淫らな蜜でぐっしょり濡れてくる。

「ああ可愛《かわい》いラーラ――私のラーラ……」

バイロンが腰を下から突き上げてきた。

思わず嘔吐《えず》きそうになり、必死に堪える。慣れない行為に顎《あご》が痛くなってくる。だが、バイロンを感じさせたい、彼を絶頂に押し上げたい――その熱い思いが、苦痛を上回り、さらに夢中になって頭を振り立てた。

「っ――あ、だめだ、ラーラ、もう……」

どくんと口腔で、男根が跳ねた。

バイロンが腰を引こうとするところを、唇に力を込めて吸い上げる。

「く――」

男の腰がぶるっと大きく震えた。

次の瞬間、熱く滾った白濁の迸《ほとばし》りが、ラーラの咽喉奥に注ぎ込まれた。

「んっ、んんっ」

ぷんと青臭い生臭い匂いが鼻を痺れさす。

粘つく大量の欲望の粘液が、吐き出される。

「ふぁ、ごく……ん、ごく……」

ラーラは躊躇うことなく、すべてを嚥下《えんか》した。

きゅっきゅっと唇に力を込め、最後の一滴まで絞り尽くし、飲み干した。

苦く粘着質な精液は、けっして呑み込みやすいものではなかったが、彼を絶頂に上らせたという誇らしさで、胸が熱くなる。

「――ラーラ」

顔を上げると、バイロンがこの上なくせつない表情で見つめてくる。

「私のなにもかもを――受け入れてくれるのだね。ありがとう」

まだ唇の端に嚥下しそびれた白濁がこびりついているのもかまわず、バイロンが熱く口づけをしかけてきた。

「あ、はぁ、あ、バイロン様……あぁ、好き……」

情熱的な口づけに応えながら、ラーラは甘くささやく。

「私もだ――君だけを、愛している。ずっと――」

「ああ嬉しい……バイロン様……」

互いの息も魂も奪うほど激しく、二人は口づけを繰り返した。

翌日から、バイロンはいつも通り公務に出た。

利き腕が不自由なことをのぞけば、普段と変わらず的確な指示を出すバイロンに、重臣たちを始め周囲のものは皆、感嘆した。

だが、ラーラだけはバイロンが無理を押し通して、普通に振る舞っているのを知っていた。

左手だけで物を持って取り落としたり、食事をもどかしそうにする彼を見るにつけ、胸が痛んだ。

誇り高いバイロンは、決して介添えを付けたりしなかった。

落馬事故から数日後のことだった。

午後、その日の勉強を終えたラーラは、園庭で摘《つ》んだ白薔薇の花束を持ってバイロンの私室へ赴いた。

せめて、彼の心を和ませるようなことをしたかったのだ。

この時間なら、バイロンは執務室の奥の休憩部屋で、仮眠を取っているはずだ。

そっと部屋に入ると、書き物机に向かっているバイロンの姿を見て、はっと足を止めた。

「まあ、失礼しました。おられないとばかり思って……」

ラーラは慌てて部屋を出ていこうとした。

「いや、かまわぬ。お入り」

バイロンが手を止め、手招きした。

「その薔薇は私にか？　よい香りだ」

ラーラはこくんとうなずき、部屋の空いている花瓶に水を入れ、白薔薇を活《い》けて机の側の小卓に置いた。

書き物机には、なにかのカードが山のように積み上げられている。

「お手紙を書いておられたのですか？」

「うん。これは大公の夏の恒例の仕事というか――クリスマスに、我が国から送るクリスマスカードなんだ。大陸中の国王、主席、政治家たち、貴族たち、それに国内の主だった政治家、貴族、親族一同にも、毎年送るのが習わしでね。クリスマスに間に合うように送るには、今月中にすべてのカードに、古式グルド語で私のサインを書かねばならないのだよ」

バイロンが肩をぐりぐり回し、疲労をほぐすような仕草をした。

「今年は右手がこの有様だろう、なかなか進まなくて、休憩時間を使って書いているのだ」

「まあ……いったい何枚あるんですか？」

「ざっと、千枚、かな」

「そんなに……！」

ラーラはちらりとバイロンの手元を見た。

不自由な右手に、ペンを挟み込むようにして持っている。

まだサインはいくらも書けていないようだった。

「そんなお怪我で、無理をなさらない方が……誰か侍従に書かせるとか……」

「それでは気持ちがこもらないだろう？　私の直筆であることに、意味があるのだから」

ラーラはバイロンの誠実さに胸打たれた。

だが、怪我をした身体で、いつも通り公務をこなしている彼に、疲労の色が隠せないのも事実だ。

ラーラは少し考えてから、心を込めて言った。

「バイロン様――私たちはこれからずっと、人生を共にすると誓いましたよね」

「うん、そうだ」

「でしたら、バイロン様と私は一心同体です。そのサインを、私に任せてくださらないでしょうか？」

バイロンは驚いたように目を見開いた。

「君が、私の代わりに?」

「はい、バイロン様のサインを学び、一字一句同じ字体で書くようにします」

バイロンが微笑ましげな顔をした。

「気持ちは嬉しいが、古式グルド語は飾り文字で複雑なんだ。一朝一夕で書けるものではないのだよ」

ラーラは言い募った。

「わかっております。でも、私、バイロン様のお役に立ちたい。三日ください。三日のうちに、バイロン様のサインを習得してみせます。そうしたら、その千枚を、私に書かせてください!」

バイロンはラーラの真摯《しんし》な瞳をじっと見つめた。それから、ほうっと表情を緩める。

「わかった、三日あげよう。やってごらん。もし、私が認めるほどそっくりなサインを習得できたら、この仕事は君に責任をもってやってもらうよ」

ラーラはぱっと表情を明るくした。

「ありがとうございます! 必ず、やり遂げます!」

バイロンは張り切っている彼女に苦笑しながら、サインを終えたクリスマスカードを差し出した。

「これが、私のサインだ」

クリスマスカードを受け取ったラーラは、息を呑んだ。

蔓草《つるくさ》を絡み合わせたような飾り文字は、想像以上に複雑だった。

(こんな難しい文字を、三日で習得できるだろうか)

不安げになったラーラの顔を、バイロンがからかうように覗き込んだ。

「どうだね？　無理なら、今すぐ断る方が良策だよ」

ラーラは頬を染めて、キッとなった。

「いいえ、やりますとも！」

バイロンは微笑ましそうな表情でこちらを見た。

期待されていないと思うと、よけいにやる気が出た。


私室へ戻ると、ラーラはヘレンを呼んだ。

「ヘレン、いますぐペンと紙を沢山用意してちょうだい。それと、今日から三日間は、私の書斎に誰も入れないで」

ヘレンは意気込んでいるラーラを、怪訝《けげん》そうに見た。

「わかりました——が、明日は皇太后陛下主催のお茶会のご予定が、入っておりますよ」

「遊興の予定はすべてキャンセルするわ。なによりも大事な用事ができたのよ」

ラーラは決意に満ちた表情で言った。

それまでラーラは皇太后に気を遣い、彼女の催し物には欠かさず出席していたので、ヘレンは驚いた表情になったが、口出しはしなかった。

すぐにラーラは、サインの練習に入った。

入り組んだ文字は最初のうち、まったくお手上げだった。

何度も投げ出してしまおうかと、思った。

だが、歯を食いしばって何時間も練習した。

(芸術座で、役をもらうために、必死で歌や踊りのお稽古をしたわ。ハリスン夫人に文句を言われないよう、夜中にこっそり庭で発声練習したりした――あの時のことを思い出せば、辛《つら》いことなどなにもないわ)

慣れない書き物に、目はしょぼつき肩は凝《こ》り、朝から夜まで休みなく練習をしていると、その日の終わりには頭がぼうっとしてしまうほど疲労困憊《こんぱい》した。

バイロンの閨《ねや》の誘いも、愛撫《あいぶ》の最中に居眠りしてしまうほどだった。

バイロンは、インクの染みで汚れたラーラの指先を見ると、行為の途中で眠り込んでしまっても、なにも言わなかった。

――そして、三日後。

午後の休憩時間に、ラーラはバイロンの私室へ赴いた。

書き物机でクリスマスカードにサインを入れていたバイロンが、足音に気がついて振り返った。

「おや来たね。どうだね、私のサインは難しかったろう？」

ラーラは殊勝げにうなずいた。

「はい、一時は諦めてしまおうかと思いました」

バイロンがさもありなんとうなずく。

「そうだろう。君が無理をすることはないのだよ」

ラーラは口惜しそうに言う。

「でも、私、バイロン様のサインを書いていると、あなたとの絆《きずな》が深まったようで、とても胸が熱かったです」

バイロンは左手を伸ばし、ラーラの頰を優しく撫でた。

「その気持ちだけで、私はとても嬉しかった」

ラーラは彼の手に自分の手を重ねた。

「でも、ほんとうにお役に立ちたかったんです」

「もう、充分だよ」

バイロンは自分がサインしたカードを広げてみせる。

「こんなふうに書くのは、一朝一夕ではできないことだよ」

ふいに、ラーラがくすりと笑った。

「バイロン様、そのカード、よく見てください」

「ん？」

バイロンは、まじまじと数葉のクリスマスカードを見た。

「なにか、わかりましたか？」

「いや――」

ラーラが朗らかに微笑んだ。

「その中に、私の書いたサインが一枚、混じっています！」

「お？」

バイロンは、何度もカードを見直した。

そして、あきれたように言う。

「どれが君のか、わからない」

ラーラは素早く机に近づくと、バイロンの右手からペンを取り上げ、まだ余白のあるクリスマスカードに、さらさらとサインを書いた。

「いかが？」

バイロンは目を丸くし、それから心から感嘆した声を出す。

「完璧だ」

ラーラは胸を張った。

「では、残りのカードは全部、私にお任せくださいますね」

バイロンが両手を上げた。

「降参だ、ラーラ。君の勝ちだ」

それから彼は、ぎゅうっとラーラの身体を抱き寄せた。

勢いで、机の上のクリスマスカードが床に散らばる。

「きゃ、苦しいです」

「愛しているよ、私のラーラ。君ほど私にふさわしい女性など、この世にひとりもいない」

バイロンは感極まった声で、ラーラの髪に顔を埋《うず》め、熱くささやいた。

「バ、バイロン様、だめです、大事なクリスマスカードが汚れてしまいます」

ラーラは彼を押し返そうとした。

「ん、そうだね――では、移動しよう」

そう言うや否や、バイロンは左手だけで軽々とラーラを抱き上げた。

「あ……」

そのまま長椅子まで運ばれる。

バイロンは、ラーラを抱いたまま、自身が仰向《あおむ》けに横たわった。

そして、彼女のうなじを左手で引き寄せ、唇を重ねてきた。

「ん、ふ、んん……」

最初は小鳥が啄《ついば》むような優しい口づけを繰り返し、ラーラの唇が応えてきたところで、舌が口腔《こうこう》に滑り込んでくる。

「はぁ、は、んんんぅ」

舌を熱く搦《から》めとられ吸い上げられると、頭の芯《しん》がぼうっとしてくる。自分からも舌を積極的に絡め、愛おしげに彼の口づけを味わう。

舌が淫らに絡み合い、くちゅくちゅと擦れ合うたび、ラーラの身体が熱く火照ってくる。

唾液の糸を引いて唇をそっと離したバイロンが、くぐもった声で言う。

「淫らに乱れた君が見たいな」

欲望をはらんだ熱い吐息まじりにささやかれると、ラーラの胸の鼓動も昂《たかぶ》る。

バイロンが左手でスカートをたくし上げ、すべすべした太腿《ふともも》を撫で回しただけで、下腹部が妖しく疼いてくる。

ドロワーズを引き下ろされ、秘部を弄《いじ》られる。普段は右手で愛撫されるが、今は自由に使える左手が這い回り、その少しぎこちない動きが、逆に新鮮な刺激だ。

長い指がくちゅりと陰唇を暴くと、

「あぁん」

じんと隘路に甘い疼きが走り、艶めかしい声が漏れてしまう。

「もうすっかり濡れている——こんなに感じやすくなって」

愛蜜に濡れた指先が、鋭敏な秘玉を弾くと、全身が戦慄《わなな》いた。

「はあぅ……」

ぬるぬると花芯を擦られると、痺れる心地好さに、とろとろとさらに愛蜜が溢れてくる。

「いいね、もう充分みたいだ」

バイロンは片手で器用に、自分のキュロットの前立てを緩めた。取り出された剛直は、すでに禍々《まがまが》しいほど硬く反り返っている。

「さあ——自分で挿入《い》れてごらん」

肉茎の根元に手を添え、バイロンが促した。

「え、じ、自分で……？」

そんな恥ずかしい行為は、まだしたことがなく、たじろいだ。

「そうだ。自分自身の手で挿入れて、腰を振るんだ。君が気持ちいいと感じるよう、好きに動くんだ」

ラーラは恥ずかしさに全身を上気させる。

「そ、そんな……」

「私のためなら、なんでもすると言ったね？　ほら、私は今、右手が不自由で、君を上手《うま》く抱けないし――それに」

バイロンが艶めかしい視線を送る。

「この三日、君が疲れ果てて行為の最中に眠ってしまうのも、見逃していたんだから――」

「あ――」

それを言われると申し訳なさで従いたいと思うが、まだ戸惑っていると、バイロンが片手でラーラの腰を引き上げ、自分の股間を跨がせるようにさせた。

「さあ、このまま手を添えて、挿入れるんだ」

彼が軽く腰を突き上げると、熱く硬い先端が、疼く淫唇を悩ましく突き、いてもたってもいられない気持ちになる。

「君はいつだって勇猛果敢じゃないか、なにを躊躇うことがある？」

「う……う、それとこれとは……」

口ごもりながらも、淫らな疼きはますます熱くなり、思い切ってそそり立つ男根に手を添えると、秘唇に押し当て、そろそろと腰を沈めた。

「は……あ、ああ、んん、ん」

太い先端に媚肉《びにく》が押し広げられる感触に、ぞくぞくする。

「あ、あぁ、恥ずかしい……」

飢えた獣のように、男の上に乗って腰を使う行為に、羞恥心《しゅうちしん》がかっと燃え上がる。

だが、もはやその恥ずかしさすら、興奮を煽《あお》り快感を増幅させる。

じりじりと脈打つ肉棒が体内に呑み込まれていく。根元まで収めて、尻がぴったり
バイロンの股間に押し付けられると、目一杯満たされた悦《よろこ》びで全身が震えた。

「はぁ、あ、挿入って……あぁ、全部挿入ったわ……」

体重をかけて真下から受け入れたせいか、いつもよりももっと最奥に届いてくる気
がして、怖くて動けない。

「いいね、中がぴくぴくしているよ」

胸元にバイロンの左手が伸び、デコルテの深い襟元《えりもと》をぐっと押し下げた。

ふるんと真っ白い乳房が飛び出す。

「あっ」

外気に触れた乳首が、たちまちきゅんと凝《しこ》ってしまい、恥ずかしくてならない。

バイロンは斜め下からラーラの表情を窺《うかが》うようにして、交互に乳房を揉みしだき、
凝った乳首を指先で捏《こ》ね回してくる。乳首の刺激が、じゅんと隘路を淫猥に濡らして

しまう。

「や、あぁ、だめ……」

仰向いて刺激に耐えるが、媚襞が勝手に収斂《しゅうれん》して、太い肉胴を締め付けてしまう。

「中が熱くうねっている。欲しいのだろう？　さあ、好きに動いてごらん」

ふいに、ずんと下から腰を突き上げられた。

「はきゃぁ、だめっ、う、動かないで……奥、響いて……」

下肢《かし》から突き抜けるような愉悦が走り、ラーラは悲鳴を上げた。子宮口まで突き破られてしまうかと思うほどだった。

「では、自分で動くんだ」

「ぁ、あ、はい……」

両手を男の引き締まった腹部につくと、そろそろと腰を持ち上げた。膨れた亀頭が、疼き上がった膣襞を巻き込んで抜け出ていく感触に、戦慄《せんりつ》する。

「あ、あぁ、あ」

先端まで引き抜くと、息を吐いてゆっくりまた腰を下ろす。

「んんん、んんぅ」

勢いよくすると、中が壊れそうで最初は恐る恐る腰を振っていた。

傘の張った亀頭が媚壁を上下に擦るたび、こぷりと愛蜜が溢れ、滑りがよくなった。

「は、はぁ、は、ふぅ……」

次第に腰を深く沈める快感に溺《おぼ》れ、ラーラは淫らに腰を振り立てた。

「そうだ、上手《じょうず》だ。前後にも動いてごらん」

乳房を揉《も》み込みながら、バイロンが声をかける。

「あ、こう?……はぁっ、あぁっ」

言われるままに前後に腰を滑らすと、太い根元が膨れた淫核を強く擦り上げ、下肢が痺れるほど甘く感じてしまった。

「んあぁ、やぁ、これ、だめ……感じて……」

「いいんだよ、好きに感じて——乱れくるう君を見せてほしい」

バイロンの言葉に煽られ、ラーラは次第に卑猥な腰の動きを倍加させていく。

「はぁ、あ、あぁ、あぁぁん」

深く上下に腰を沈めると、子宮口まで激烈に熱く燃え、前後に滑らすと花芽と膣壁に甘い痺れが走り、淫らな動きを止めることができなくなった。

バイロンがスカートをさらに捲り上げ、結合部を剝《む》き出しにした。

「ああ、いやらしいね。ぐちょぐちょに濡れている」

彼の熱い視線を感じ、ラーラは羞恥に身悶《みもだ》える。

「いやあ……見ないで……あぁ、恥ずかしい、こんな私……」

「とても猥《みだ》りがましくて、素敵だ。普段は慎ましく控え目な君が、私の上でこんなにも乱れ喘《あえ》いでいるなんて、誰も思いもしないだろうね」

「いやいや、意地悪、言わないで」

ふるふると首を振りながらも、卑猥な腰の動きは止められない。

ただ、あまりに激烈に感じてしまうため、絶頂に届く寸前で、腰の動きを止めてしまうのだ。達しそうで達しない不完全燃焼に、身体中がはしたなく疼き上がり、嬌《きょう》声《せい》を上げながらも、煩悶《はんもん》の表情を浮かべる。

「ああいいね、その表情——とてもそそる」

バイロンが下から腰をゆるゆると動かしてきた。

「あ、あ、だめ、動いちゃ、あ、奥が、当たって……っ」

脳芯まで響く喜悦に、ラーラはぴくぴくと腰を痙攣《けいれん》させた。

「届くの……奥まで……へんに、おかしくになる、からぁ……っ」

短い絶頂に切れ切れに追いやられ、ラーラは息も絶え絶えになる。

「もっと乱れていい、おかしくなって——ラーラ、口づけを、おくれ」

「あ、はぁ、ん、んんっ」

バイロンにせがまれ、身体を前に倒し、彼の唇を貪《むさぼ》る。

彼の舌が口腔の奥まで押し込まれ、口蓋や歯列をぬるぬるとなぞると、頭の芯がぼ

うっとする。

剝き出しの乳房が、彼のシャツに擦れ、乳首の刺激がまた興奮を煽る。

ラーラは止めることができず、腰をくねくねと蠢《うごめ》かせた。

唇も乳房も隘路も、なにもかもバイロンで満たされて、彼とひとつに溶け合ってしまったようだ。

「はぁ――ラーラ、たまらない。こんなに乱れる君を独占できるなんて」

「あ、あぁ、私は、あなただけのものよ、んん、んぅっ」

「嬉しいよ、ラーラ、さあ、一緒に達《い》こう」

バイロンは左手でラーラの細腰を抱えると、ふいに真下からがつがつと腰を穿《うが》ってきた。

「ひっ、あ、だめ、壊れる……っ、おかしく……ぅっ」

ラーラはがくがくと全身を震わせ、襲いくる喜悦の嵐に耐えようとした。最奥が悦びにきゅんきゅん締まる。

「く――これはひとたまりもない、ラーラ」

バイロンがくるおしいため息をついた。

彼女の媚肉の締め付けに負けまいとするように、さらに激しく腰を突き上げてくる。

「あぁう、あ、そこ、だめ、あぁ、感じる……っ」

太い先端が、ラーラの一番感じやすい淫らな箇所を抉《えぐ》ってくる。

「ここがいいのだろう?」

バイロンは恥骨の裏側のその部分を、執拗《しつよう》に突き上げた。

「は、あ、そこ、そこがいいの……あぁ、感じる……っ」

「ラーラ――」

「ああ、好き、好き――バイロン様……っ」

もはや思考は淫らな快感一色に染まり、ラーラは甲高い嬌声を上げ続けた。

数えきれないほど達してしまい、熱い淫潮を何度も噴いてしまう。

「――ラーラ、もう保《も》たない、達くぞ」

バイロンが荒い息を吐く。

「んんぅ、ん、きて……もう、きてっ」

二人は互いに腰を蠢かせ、共に最後の高みへ上っていく。

バイロンの充溢《じゅういつ》したものが子宮口まで届き、柔肉が歓喜して彼のものを締め付けた。

「ラーラ――っ」

「あぁあ、あああぁっ」

二人は同時に極まった。

びくんびくんと腰を痙攣させ、きつくひとつに繋《つな》がったまま、燃え上がる愉悦の断崖から真っ逆さまに落ちていく。

「あ、あぁ、あ、熱い……あぁぁああ」

身体の中心に、バイロンの迸りを受け止め、ラーラは気の遠くなるような幸福感を全身で味わっていた。


バイロンは約束通り、千枚のクリスマスカードを任せてくれた。ラーラは寝食を忘れるほど仕事に打ち込み、期限の月末までにすべてにサインし終えた。

その後、右手首が回復するまで、バイロンは彼女に自分のサインを任せるようになった。

執務室の机で、書類を読んでいるバイロンに肩を寄せるようにして、サインにいそしんでいるラーラの姿が日常的に見受けられるようになり、それはいかに大公が彼女に信頼を置いているかの証《あかし》であった。


皇太后が定期的に催す、公室を集めての晩餐会《ばんさんかい》の時であった。

いつも通り、リスベニア語で書かれたメニューが配られた。

それまで、ラーラはバイロンが自分のメニューを選んでから、

「大公陛下と同じものを」

と、給仕に言うのが常だった。

だがその日、二つ折りのメニューを開いたラーラは、

「この鯛《たい》のポワレには、ニンニクは入っていませんか？」

と、傍《かたわ》らの給仕に尋ねたのだ。

皇太后を始め、公室の者たちが思わずメニューから顔を上げた。

「はい、御令嬢。ニンニクは使われておりません」

給仕が恭しく答えると、ラーラはうなずき、

「では、前菜は季節の野菜添えのウサギのテリーヌ。スープは冷たいコンソメ。メインは鯛のポワレ。デザートはチーズスフレ。で、お願いします」

と、すらすらと言った。

一瞬、大食堂の中がしんとなる。

ふいに、大公弟ジェラールが、おどけた声を出した。

「おおよいセレクトですね。私もラーラ嬢と同じものを頼むかな」

場の空気が和み、他の者もそれぞれの好みの料理を指示し始める。

ラーラは頬を染め、メニュー越しに、そっとバイロンの席を見やった。

彼が満足そうににこやかにうなずくのを見て、心からほっとした。

毎日、リスベニア語を懸命に勉強したかいがあった。

ただ、皇太后だけが苦虫を噛《か》み潰したような表情をしていた。

その日から、皇太后以外の宮殿の者たちは、徐々にラーラを大公の婚約者として受け入れ始めるようになった。

第五章　追いつめられる婚約者《フィアンセ》

季節は真夏に入った。

国の中央に位置する首都は盆地になっており、夏は高温多湿の厳しい気候になる。

今まで海沿いの涼しい地方に暮らしていたラーラには、初めて経験する猛暑であった。

石造りの風通しのよい宮殿は、過ごしやすい方ではあったが、ラーラは次第に体力が落ちていくのを感じていた。

それでなくても、初めての首都、初めての宮殿暮らし、慣れないしきたりや学ぶべき沢山の事柄に、ラーラは常に神経を張りつめさせていた。

ただ、いつも気持ちは高揚していたので、身体の底に澱《おり》のように溜《た》まっていく疲労に気がつかないでいた。

その日も、朝から日差しが強かった。

ラーラは、毎朝宮殿前の広場で行われる閲兵式《えっぺいしき》に参列していた。

軍隊の最高司令官であるバイロンの指揮で、首都の軍隊が整列する。

公室の者たちは、広場に向いた大きなバルコニーに並び、閲兵式に参加するのが習わしだった。バイロンの計らいとラーラの宮殿での認知につれ、ラーラの席順は次第に上がり、今では皇太后、大公弟に次ぐ三番目の席に着くようになっていた。皇太后はそのことについて無言でいたが、ラーラに向ける忌々《いまいま》しげな表情が、すべてを物語っていた。

いつも通り閲兵式を観覧していたラーラは、なんだか足元がふわふわするのを感じていた。小さな地震でも来たのかと思ったが、他の参列者には変化はない。

（いけない——ふらついたりしては……）

必死で足を踏ん張ったが、頭がくらくらする。

貧血を起こしたのかもしれない。

（もうすぐ式が終わる……それまで頑張るのよ）

バルコニーの手すりにそっと両手を添えて、かろうじて身を支えようとした。

「おほん」

皇太后がこちらを見て、いかにも不愉快そうに咳払《せきばら》いした。

ラーラは、慌てて両手をまっすぐにする。式典の間は、直立不動が決まりであった。

だが、とてもまっすぐに立ってはいられなかった。

ぐらりと身体が傾きそうになったとき、ふいに力強い腕が背中を支えた。

「ラーラ嬢、大丈夫ですか？」

隣に立っていたジェラールが小声でささやく。

「あ……申し訳ありません……貧血かも……」

ラーラは消え入りそうな声で答えた。

ジェラールは、ラーラを支えたままゆっくりと後ろに下がる。皇太后がじろりと睨んだが、何も言わなかった。

「そこまで無理をすることはないです。このまま城内に下がりましょう」

ラーラはジェラールに縋るようにして、バルコニーを退去した。

城内に踏み込んだとたん、がくりと膝が頽《くずお》れてしまう。

ジェラールがさっとラーラを横抱きにした。

「侍女頭！」

ジェラールが声を張り上げると、端で待機していたヘレンとサラが素早く駆け寄った。

「ラーラ様、いかがなさいましたか？」

「どうも立ちくらみを起こされたらしい。このままお部屋へお連れするので、すぐに医師を呼べ」

ヘレンはサラに、

「部屋へ戻って、お湯を沸かし、綺麗《きれい》な布を用意しなさい」

と、指示を出し、さっと踵《きびす》を返して医師を呼びにいった。サラも慌てて走っていく。

ジェラールに運ばれながら、ラーラは弱々しい声を出す。

「もう、大丈夫です……大公弟殿下……」

「なにを言う。顔が真っ赤で、身体がとても熱い。これは立ちくらみではなさそうだ」

私室に運ばれ、ベッドに横たえられた。

もはやぐったりして、腕も上げられない状態だった。

「――こんなに無理をして……」

ジェラールが痛ましげな声を出した。

彼の手が、汗ばんだ額に張りついた髪を撫で付ける。バイロン以外の男に、特に自分に特別な感情を抱いているジェラールに触れられることに抵抗があったが、振り払う気力もなかった。

「あなたはずっと無理をしていた――痛々しいほどだ。こんなになるまで、なぜ頑張るんです？」

ジェラールが怒りを含んだ声を出す。

「大公弟殿下……私は、ちっとも無理などとは思っていません……いえ、まだまだ努力が足りないと思っています……」

苦しい息の中から答えると、ジェラールの顔がせつなそうに歪《ゆが》んだ。

「あなたはそこまで……」

ジェラールが言葉を継ぐ前に、医師を連れたヘレンが部屋に入ってきた。

ジェラールは口を噤《つぐ》み、無言でその場を立ち去った。

医師は、ラーラの具合を調べた。

「これは、日射病です。あと、ひどくお疲れでもおられる。絞った布で身体を冷やし、水分を充分摂《と》られるとよいでしょう。二、三日は、ゆっくり休養されることです」

「私……そんなに、休めません……」

ラーラが身を起こそうとすると、サラから絞った布を受け取ったヘレンが、ラーラの額にそれを押し当てながら、ベッドに押し戻した。

「ラーラ様、お医者様のおっしゃる通りです。あなた様はずっと根を詰めてこられた。ここらで少し、休養するのも大事です」

「ヘレン……でも……」

ヘレンがぴしりと言う。

「万全な体調になるのも、大公陛下の婚約者としての務めですよ」

ラーラはうなずいて、横になった。

医者が出ていくと、サラがドレスを脱がせ身体を清拭してくれた。真新しい寝間着に着替えると、ずいぶんと気分が楽になった。

「ラーラ！　閲兵式の最中に倒れたと？」

長靴《ブーツ》の音を響かせて、バイロンが閲兵式の軍服のまま入ってきた。

「大公陛下、ラーラ様は日射病とお疲れが溜まっておられるそうです。しばらく休養が必要だと、医師が申しました」

ヘレンが頭を下げながら言う。

「疲れが――」

バイロンが絶句した。

「……お医者様が大げさなのよ……ちょっと日当りしただけだわ」

ラーラはなるたけ元気そうな声を出し、バイロンに腕を差し伸べた。

その手を握ったバイロンは、はっと目を見開く。

そして彼女の手を握ったまま、ベッドの側に素早く腰を下ろした。

「こんなに熱いじゃないか。私は――倒れるまで無理をさせていたのか」

バイロンの声に苦いものが混じる。

「たいしたことはないから……」

ラーラは無理矢理笑顔を浮かべた。

バイロンは彼女の手の甲に唇を押し付けてから、その手をそっと上掛けの中に入れた。

「いいから、しばらくは休むんだ。宮殿のことは、何も考えなくていい。君が元気で明るくいてくれることが、私には一番大事なことなんだよ」

労《いたわ》るように言われ、ラーラはこくんとうなずいた。バイロンの優しい表情を見るだけで、元気が湧いてくる。

「はい、わかりました。少しだけ、休みます」

「うん、しっかり休養してくれ」

二人は愛を込めた視線を交わした。

「閲兵式を途中で退席するなど、公室の人間にあるまじき行為じゃ」

ふいに、冷ややかな声が扉口からした。

皇太后が傲然と顔を上げて立っていた。

「私は、四十度の熱が出ようと、悪阻《つわり》がひどい時でも、決して公室の行事を退席することなど、なかったぞ」

「母上――！」

バイロンは、ラーラのベッドの前に立ちはだかるようにした。

「ひどいことをおっしゃる。ラーラは、公室の人間になるために、今までどれだけ心を砕いてきたか――」

身を起こそうとしたラーラを、バイロンが手で押しとどめる仕草をした。

「別に、無理に公室の人間になってもらわなくても、妾《わらわ》はいっこうにかまわぬが」

皇太后は平然と言う。

バイロンは怒りを抑えた声で言う。

「母上。あなたがどのようにお考えだろうと、私の妻になる女性はラーラしかいないと、心に決めています。彼女も、生涯私だけだと誓ってくれた」

「ふん――そう言いながら、御令嬢はジェラールとも仲がよいようではないか？」

バイロンの眉《まゆ》がぴくりと上がる。

「なにをおっしゃいますか!?」

「以前から、毎日二人きりでダンスの練習をしておったようだしな。現に、令嬢をここまで抱いて運んだのは、ジェラールと聞いておる。ずいぶんと親密なようじゃな」

ラーラは火照った身体に、さらに熱が上がる気がした。ジェラールにダンスを習うよう指示をしたのは、皇太后その人ではないか。

「あれは……」

思わず反論しようとすると、バイロンが皇太后に厳しい口調で言った。

「母上、これ以上彼女を侮辱するようなら、たとえ皇太后と言えど、私は容赦しません！」

皇太后はすうっと目を細めた。

「ほほう――すっかり骨抜きのようじゃな。まあ、いずれ、令嬢の育ちの悪さが露呈するであろうよ。もうこれ以上そなたと話していると、頭痛がするわ」

彼女は言うだけ言うと、くるりと背を向けて部屋を出ていった。

見送るバイロンの背中が怒りに強ばっている。

「……バイロン様……お気になさらないで。私は、平気ですから」

そっと声をかけると、バイロンが今まで見たこともないような複雑な表情で振り返った。

「――君を信じている。だから、どうか誤解を受けるようなことだけは、しないでくれ」

（その言い方……ジェラール様とのことを、疑っておられるの？）

ずきんと胸が刺すように痛んだ。

「……はい」

だが、疲れきっていたラーラには、反論する気力がなかった。

「――ゆっくり眠れ」

そう言い残し、バイロンが背中を向けたまま去っていく。声をかけたかった。

(待って……私とジェラール様とは、なんでもないの……バイロン様)

熱が上がってきたようで、朦朧《もうろう》としてきた。

そのまま、すとんと深い眠りに落ちてしまった。


一晩こんこんと眠った。

ヘレンとサラが交代で頭を冷やす布を取り替え、看病してくれた。そのおかげか、翌日の昼過ぎにふっと目が覚めた時には、熱はずいぶん下がっていた。

「回復なされて、ほんとうにようございましたわ」

ヘレンがベッドテーブルを設え、絞り立てのオレンジジュースとコンソメスープを運んできた。

「ララ様がお眠りの間、大公陛下が何度も寝室を覗かれに参りましたよ。とても心配そうでした」

「まあ——では、もう熱は下がったことを、知らせて差し上げて」

ララはヘレンに抱えて起こされながら、そう言った。

「その必要はない、今、聞いた」

「あっ……バイロン様」

寝室の扉口にバイロンが立っていた。

いつもの穏やかで優しい笑顔を浮かべていて、ラーラは胸を撫で下ろした。

「昼餐時間を抜け出してきた——まだ顔色が悪いが、大丈夫か？」

近づいてきた彼は、気遣わしげに顔を覗き込んだ。

「はい。食欲も出てきました」

「それはよかった」

バイロンがそっと頬に口づけした。

「では、食べさせてやろう」

彼はベッドの端に腰を下ろし、スープ皿に手を伸ばした。

「いえ、だいじょうぶ、ひとりで食べられますから」

「いいから」

バイロンは強引にスプーンを摑《つか》み、スープを掬《すく》ってラーラの口元へ運ぶ。

「ほら」

「もう……」

頬を赤らめながら、口を開けた。

ほどよく味をつけたコンソメが、ゆっくり胃《い》の腑《ふ》に下りていく。

「どうだ？」

「とても美味《おい》しいです」

「よし、もうひとくち」

こんな恥ずかしい場面をヘレナに見られたら――と思ったが、気のきく侍女頭は、すでに寝室をそっと退出していた。

本音は、バイロンにこんなふうに甘やかされるのが嬉しかった。

スープを掬いながら、バイロンがぽつりと言う。

「昨日は、君を疑うような暴言を吐いてしまった。すまなかった」

ラーラは、コンソメのせいだけでなく、胸の中がしみじみ温かくなるのを感じた。

「いいえ、いいんです」

「ラーラ、どうだろう。城の奥庭に、迎賓用の小さな離宮があるんだ。木立の中にあって、とても涼しい場所だ。しばらく、そこで気の置けない侍女だけ連れて、静養するのは？」

「え？」

「一週間でもいい。公室のしきたりや勉強も忘れ、少しゆったりするといい」

ありがたい申し出だったが、首を横に振る。

「でも、バイロン様と離れていたくないんです」

バイロンが微笑ましげな顔をする。

「私だって君と一日でも離れたくないよ。心配するな、私も毎日離宮に通うから」

ラーラは、ほっと息を吐いた。

「そういうことでしら……一週間だけ、お休みさせていただけると」

「よし、決まりだ。すぐに離宮を整えさせるから、君は今日中にそちらに移るといい。緑に囲まれ小さな池もあり、リスや小鳥も沢山訪れる、いい場所だよ」

「はい、楽しみです」

二人は微笑みを交わした。


奥庭の離宮は、大理石でできた真っ白な建物で、おとぎの国のお城のように可愛かった。

ラーラは、侍女はヘレンとサラだけ連れていくことにした。

「うわあ、静かでよいところですねえ。宮殿の奥庭に、こんな離れがあったなんて——あ、ラーラ様、池に綺麗な魚が泳いでいますよ。金魚の大きいのみたいな。ね、後でご一緒に見にいきませんか？」

ラーラの私室にした客間の窓を大きく開きながら、サラがはしゃいだ声を出す。

「サラ、ラーラ様はあくまでご静養でおいでなんですから、あんまり調子に乗ってはいけませんよ」

ヘレンがいつも通りの平静な態度でサラをたしなめた。

「はい。申し訳ありません」

サラが肩を竦《すく》めて恐縮すると、ラーラがにこやかに言う。

「いいのよ、せっかくだから気安くしたいわ。二人とももっとくつろいでもいいから」

サラはわあいと跳び上がったが、ヘレンは無表情でまっすぐ立っている。その対比がおかしくて、ラーラはくすくす笑った。

常に緊張を強いられる宮殿を離れたせいか、ラーラ本来の明るさが蘇ってきた。

行事に縛られることなくゆっくり朝寝をし、木漏れ日の差し込む涼しいテラスでブランチを楽しみ、池の周りを散歩したり、お茶や刺繍《ししゅう》や読書を楽しみ、夜はゆったりとバイロンの訪れを待った。

「すっかり顔色がよくなったね――よかった」

優しくラーラの身体を愛《め》でながら、バイロンは心から安堵した声を出した。

ラーラも、この臨時休暇を存分に満喫した。

宮殿に戻っても、また気持ちを引き締めてやっていけそうだと思った。

休暇の最終日だった。

夕方には宮殿に戻るので、サラとヘレンは離宮の後片付けにばたばたしていた。

ラーラはその邪魔にならぬよう、屋外に出て池の端の木陰に腰を下ろし、ぼんやり水面を眺めていた。サラが大きな金魚と言ったのは錦鯉《にしきごい》のことで、色とりどりの美しい鯉がゆったりと泳ぐ姿を見ていると、心地好くうとうとしてくる。

「――ララ嬢」

かさりと草を踏み分けて、誰から声をかけてきた。

うたた寝しそうになっていたララは、はっと我に返る。

「どなた？」

顔を上げると、側の木の陰からジェラールが姿を現した。

「まあ、大公弟殿下……こんなところに。お散歩ですか？」

ララが立ち上がろうとすると、ジェラールはいきなり彼女の肩を摑んで、草むらに押し倒した。

「きゃ!?……な、なにを……!?」

ララは突然のジェラールの狼藉《ろうぜき》に、悲鳴を上げた。

「しいっ、ララ嬢。ここは二人だけの時間を楽しみましょう。あなたが望んだことでしょう？」

ジェラールがララの口元を手で覆って、熱っぽくささやいた。

「!?」

なにがなんだかわからず、ララは恐怖で目を見開いた。

ジェラールが、上着の内ポケットから小さなメッセージカードを取り出す。

「ほら『奥庭の池のほとりでお待ちしています。あなたを心から求めております』って、あなたからのメッセージが届いた。あなたもほんとうは、密かに私を求めてくださったのですね」

まったく身に覚えがない。

「そんなの……私では……離して！」

必死に身を捩《よじ》ったが、長身のジェラールにのしかかられてはびくとも動けない。

「この期《ご》に及んで、逢瀬《おうせ》が怖くなりましたか？　初々しいところがたまりませんね。でも——」

ジェラールの声が欲望に低く掠れた。

「私はもう、止まらない。あなたをここで私のものにする」

ララは散歩に出るので、ゆったりしたシュミーズ風のドレスを着ていた。ジェラールは、胸元に手をかけると、一気に引き下ろした。ぴりっと布地の裂ける音がし、白い乳房が露《あらわ》になった。

ララは屈辱と恐怖で、全身の血が凍り付いた。

「いやぁっ、誰か、誰か！」

声を上げたが、サラもヘレンもちょうど宮殿に向かってしまったらしく、応答がない。

「やめてください！　ジェラール様！　お願い、正気になって！」

ラーラは手足をばたつかせ、それ以上相手に触れさせまいとした。

「抵抗されると、男はよけいに劣情を催すものなのですよ」

ジェラールはラーラの細い両手首をがっちり摑むと、地面に大きく両手を広げさせ、身動きできないようにした。

「ああっ」

絶望感で頭が真っ白になる。

ジェラールの顔が口づけを求めて迫ってきた。

顔を背け、唇を奪われまいともがくが、もはや力尽きそうだった。

ふいにラーラは、全身の力を抜いた。

そして、ジェラールの目をまっすぐに見つめた。

「ジェラール様、私はバイロン様を愛しています。この気持ちは、未来永劫《えいごう》変わりません。あなたが私の身体を穢《けが》したとしても、私の心まで奪うことはできない。どんなに身体を蹂躙《じゅうりん》されても、私の心まで捧げることは絶対にしない……それでもかまわなければ、私をお好きになさればいい！」

ジェラールは怯《ひる》んだように動きを止め、ラーラの瞳を凝視《ぎょうし》した。

今やラーラは、無抵抗でぐったりと草地に横たわっている。

だが瞬きひとつしない瞳には、決死の覚悟が燃えている。

「――私が、あなたに魅かれたのは、その強さだ」

ぽつりとジェラールがつぶやいた。

彼はのろのろと身を起こし、ぺたりと地面に腰をついた。彼から危険な欲望の気配が、みるみる抜けていく。

ララはさっと起き上がり、胸元を両手で覆い隠した。

ジェラールはうなだれて、ぽつりぽつりと語った。

「優れた兄を持った弟ほど惨めなものはない。それが王家ともなれば、なおさらだ。幼い頃から、父上も母上も城の者たちも、国中が、跡継ぎの兄上のことばかり気にかけていた。私など、存在する意味もない。ずっと、兄上が憎くて――憧れだったのだ」

彼は頭を掻きむしる。

「君を初めて見たときから、欲しかった。兄上が夢中な君を奪ったら、どんなにいい気味だろうと、思った。完璧な兄上に失態を犯させたくて、馬の鞍《くら》の下にこっそり針を忍ばせたんだ」

ララははっとした。

「じゃあ、パレードでのバイロン様の落馬は……?」

「ああ私だ――衆人環視の中で兄上が落馬したら、さぞ鬱憤《うっぷん》が晴れるだろうと思った

——けれど、怪我を負った兄上は、果敢に政務をこなし、逆に株を上げるような形になった」

ジェラールが苦々しく笑った。

「私は矮小《わいしょう》で卑劣な自分を思い知っただけだった。こんな私を、あなたが心に留めてくれるはずもないのに——」

ジェラールは、頭を抱えてうずくまった。

ラーラは痛ましげに彼の背中を見つめていた。

彼は、まるで幼い子どものように心細げな姿だ。

ラーラはジェラールの気持ちを理解できた。

「私は、子どもの頃に両親を事故で亡くし、幼い妹たちと遠縁に身を寄せ、何年も厄介者扱いされて暮らしていました——私もずっと、自分はいらない存在だと思って生きてきたのです」

ラーラの言葉に、ジェラールがちらりと顔を上げる。

ラーラは心を込めて話した。

「でも——私はバイロン様に出会い、心を救われました。愛し合い、互いが必要となった時、私の世界は一変したのです。私は初めて、自分が生きてきた意味を知ったのです。私が強くなれたのは、バイロン様がいてくださったからです」

ジェラールが悲しげにつぶやく。

「兄上が、うらやましい――君みたいな女性にここまで愛されて」

ラーラはそっとジェラールの肩に手を置いた。

「いいえ、私はいかほどの人間でもありません。ただ、愛を知って変われただけです。ジェラール様とバイロン様は、違う人間です。あの方と比べる必要などどこにもありません。ジェラール様にも、いつか必ず、世界を変えてくださるほんとうの女性が現れます。ジェラール様だけを愛してくれる素晴らしい女性に、きっと出会えますとも」

ジェラールは、目元を染めて振り向いた。

「ラーラ嬢――今までの無礼の数々を許してくれ。私は――愚かだった」

「ジェラール様……」

ジェラールは感極まったように、ラーラの手をぎゅっと握った。

「あなた以上に、兄上にふさわしい女性は、きっといないでしょう」

ラーラは胸がいっぱいになった。

ジェラールにわかってもらえたことが嬉しくて、涙が溢れそうになる。

と、その時だった。

「――そこでなにをしている？」

静かだがぞっとするほど凍り付いた声がした。

ララとジェラールは、はっとそちらを振り向いた。

木立の側に、真っ青になったバイロンが立ち尽くしている。

あっと二人は身体を離した。

しかし、乱れた服装のララがジェラールと手を取り合っていた様子は、しっかりバイロンに見られていたらしい。

「そうだったのか？　二人で、私を欺いていたというのか？」

バイロンは、今まで見たこともないくらい恐ろしい形相《ぎょうそう》をしていた。

「バイロン様、これは——！」

「兄上、違うのです！」

二人が同時に言い訳しようとすると、バイロンの表情がますます強ばった。

彼はくるりと背中を向け、茂みを搔き分けて立ち去ろうとした。

「バイロン様！」

ララは悲痛な声を出して呼びかけたが、バイロンはそのまま姿を消してしまった。

「ララ嬢、面目ない。私が後で兄上にきちんと説明します」

ジェラールの声が、どこか遠くから聞こえてくる。

ララは呆然と立ち尽くしていた。

バイロンはジェラールの話に聞く耳を持たなかった。

それどころか、多忙を理由にラーラを寝所に呼ぶことすら止めてしまった。

ラーラは、バイロンが思った以上に自分の不貞を疑い、怒りを募らせているのを知って、衝撃を受けた。

きちんと説明すれば、わかってもらえるものと思っていたからだ。

それほど信用されていないかったのか、と思うとラーラの心も傷ついた。

(でも、このままではだめだわ。ちゃんと話そう――私の愛を信じてもらうの)

その晩、ラーラは自らバイロンの寝所に赴いた。

扉前の警備兵たちは、婚約者のラーラの姿を見ると無言で通してくれた。

灯心の火を最小限に落とした寝所の中は、薄暗い。

寝所の中に、濃く酒の匂いが漂っている。

深酒はしないたちのバイロンには珍しい。

ラーラは足音を忍ばせ、天蓋《てんがい》付きのベッドに近づいた。天蓋布は下りておらず、シャツにキュロットのままのバイロンが、うつ伏せにベッドに倒れ込んでいた。

「バイロン様……」

小声で名前を呼ぶと、ぴくりと彼の肩が動いた気がした。

「お休みですか？　そんな格好ではお風邪《かぜ》をお召《め》しになります」

むくりと気怠《けだる》げにバイロンが起き上がった。

「君か――」

乱れた髪が顔に垂れかかり、ぞくりとするほど色っぽい。

「バイロン様、私、お話が……」

「なんだ、我慢できず自分から抱かれにきたのか？」

彼らしくない揶揄《やゆ》するような口調に、ラーラは戸惑う。

「そうではないんです……あの、きちんとお話を……」

「お望み通り、抱いてやろう」

がばっとベッドから下りたバイロンが、いきなりラーラの腕を掴み引き寄せて、横抱きにした。

「あっ……！」

仰向けに乱暴にベッドに投げ出された。

「違うの、私は……っ」

起き上がろうとすると、どんと胸を突かれて、再びベッドに倒れ込んでしまった。

「きゃ……っ」

ぎしっと音を立ててベッドに上がってきたバイロンが、寝間着の胸元を乱暴に引き下ろした。ふるんと、まろやかな乳房が飛び出した。

「いやっ、なにするの？」

こんな乱暴なバイロンは見たことがない。

「ジェラールには、こうされて悦んでいた？」

バイロンの声が意地悪い。

「ちが……あれは、だからちゃんと説明しにきたのに……あっ」

むんずと乳房を摑まれ、きゅうっと乳首を捻《ひね》り上げられ、痛みに悲鳴を上げた。

「そんな声、ジェラールにも聞かせたんだろう？」

「つ……違う、やめ……」

きゅうきゅうと乳首を抓《つね》られ、じんじん痛いのに、なぜだか気持ちが高揚してしまう。

バイロンはいきなりラーラに馬乗りになると、キュロットを緩め、自分自身を取り出した。

すでにがちがちに屹立《きつりつ》している。

「して――口で」

いきなり先端を唇に押し当てられた。

「っ……う、ぐ……っ」

剛直を強引に口に捩《ね》じ込まれ、ラーラはくぐもった喘ぎ声を漏らす。

「や……苦し……う、は、んぅっ」

バイロンが腰を突き出し、咽喉奥まで突き入れてきた。危うく嘔吐きそうなり、必死に耐えた。

（やめて……こんなの、バイロン様じゃない……）

ラーラはそれでも、必死に彼の欲望を受け入れようとした。

彼が容赦なくぐいぐい腰を打ち付けてくるので、窒息しそうになりながら、懸命に脈打つ肉茎に舌を這わせた。鈴口から先走りが吹き出し、唾液と混じり、彼の剛直がしとどに濡れ、自分の口元もべとべとになった。

「ああラーラ――」

悩ましいため息をつかれると、身体がぞくりと震えた。

やましいことはなにもないが、自分に隙《すき》があったのは確かなので、バイロンに申し訳なく後ろめたく、強引な行為を拒めないでいた。

口腔に溢れる雄の匂いに、自分の身体の中の情欲も煽られてくる。

「ふ、う、はあ、は……っ」

息も絶え絶えになりながら、必死で男根を受け入れていると、ふいにずるりと抜き出され、はーっと大きく呼吸をした。

まだ息を整える間もなく、腕を掴まれて腹這いにされた。

そのままスカートを大きく捲り上げられ、ドロワーズをむしり取られる。

「あ、いや、やめて……」

性急な行為が怖くて拒もうと身を捩ると、細腰を掴まれて引き戻される。

バイロンはラーラに覆い被《かぶ》さり、耳朶をきつく噛んだ。

「痛っ……ぅ」

「私は——君を責めているのではない」

バイロンの声は苦痛に満ちていた。

「私が怒っているのは、私自身だ。君が私に貞淑《ていしゅく》なことなど、とうにわかっている。なのに、あんな場面に遭遇すると、私は意気地のない鼠《ねずみ》のように、こそこそとその場を逃げ出してしまった」

さらにうなじやくびすじも痕《あと》が残るほど、きつく噛まれ、ラーラはいやいやと首を振る。

「や……めて……バイロン様のせいではないです……私が、あっ……」

バイロンの手が腰の下に潜り込み、股間を弄り鋭敏な秘玉を性急に擦り上げた。

「あ、あ、だめ……だめ」

こんな乱暴にされるのはいやなのに、昂っている身体はいつもより敏感に感じてしまう。

「大公である私が、どうして君のことになると、こんなちっぽけな情けない男に成り果ててしまうのか。それが口惜しいのだ」

まだ綻《ほころ》びかけている花襞に、男の熱い亀頭が押し付けられ、あっと思う間もなく一気に貫いてきた。

「ああぅ、ああっ」

圧倒的な大きさに、まだ潤っていない媚襞が軋《きし》んだ。

「やぁ、痛ぅ……っ」

ラーラが悲鳴を上げるのもかまわず、バイロンは強引に腰を打ち付けてくる。引き連れた膣襞《ちつひだ》が太い脈動に巻き込まれ、引き摺《ず》り出される。

「あ、うう、あ、あぁ」

ラーラは獣のような交合に必死で耐えた。

バイロンの表情が、あまりに悲痛だったからだ。

よもや彼が、ラーラへの不信感ではなく、自分自身の心の弱さや醜さに苦しんでいたとは、思いもかけなかった。

(私は、まだまだバイロン様をちゃんと理解していなかった……このお方の、苦しみを想像することすらできず……)

その思いは、自分自身の心をも切り刻んだ。

愛し合っているのに、いや、だからこそ、ちょっとしたすれ違いが、互いを苦しめるのだと。

「ラーラ、私のラーラ」

バイロンは息を乱し、ラーラの奥深くまでずぶりと剛直を押し入れると、がつがつとがむしゃらに突き上げてきた。

「く、は、はぁ、はあ、あぁ……」

彼に慣らされた肉体は、いつの間にかじわじわと愛蜜を滲ませ、滑りがよくなる。苦痛に喘いでいたはずなのに、隘路はひとりでに肉胴を締め付け、そうすることで自ら心地好く感じ始めてしまう。

「ん、んぅ、ん、は、はぁ……っ」

「奥が——熱くなってきた」

バイロンの手が、粘膜の繋ぎ目を辿《たど》り、膨れた花芽を探り当てる。すでに蜜口はぬるぬるに濡れそぼっている。彼の指が、花芯の先端を押さえて、ぐちゅぐちゅと乱暴に揺さぶった。そして、そのまま最奥を捏ねくり回すように腰を穿ってくる。

「ひぁ、だめ、そこ、そんなに激しく……っ、やぁっ」

せつないほど感じてしまい、ラーラはぎゅうっとシーツを握りしめた。

ラーラの喘ぎが大きくなると、バイロンはますます手つきも腰使いも激しくしていく。

彼女の一番感じやすい、臍《へそ》のすぐ裏辺りをごりごりと硬い亀頭が抉り、尿意にも似たせつない感覚と、じんと痺れるような喜悦が交互に襲ってくる。

「あぁ、あ、だめ、そこ、漏れて……だめぇっ」

荒々しすぎて、いつもの優しいバイロンではないのに、身体は異様に興奮し、愉悦は驚くほど強かった。

「ここだろう？　わかっている、君の感じるところはすべて――」

バイロンはその部分を執拗に穿ってくる。

きゅんと痺れる愉悦が下肢に走り、内腿ががくがくと震えた。

「は、あぁ、だめ、そこだめ、出ちゃう……わたし、私……っ」

「もう達くのか？　可愛いラーラ、達って」

さらに揉み潰すように花芽が扱かれ、ぐちゅずぶと弱い箇所を何度も抉られた。

「やぁ、やあぁぁ、達く……あぁ、も、だめっ……」

ラーラは全身をびくびく戦慄かせて、激しく達してしまう。

感じきった柔肉が、ぎゅうっと渾身《こんしん》の力を込めて男の屹立を締め上げ、穿たれた箇所からどっと熱いさらさらした淫潮が溢れ出し、シーツをびしょびしょに濡らした。

「あ、あぁ、あ……」

ひくんひくんと腰が痙攣し、何度も男根を締め付けた。

驚くほど硬化したそれは、まだ達しておらず、ラーラの熟れた肉腔の中をゆっくりと掻き回した。

「こんなに感じやすくて——可愛らしくて——ああ、腹が立つよ。いっそ、君をどこかに閉じ込めて、誰にも見せず触れさせず、私だけのものにしてしまいたいくらいだ」

「……わ、私は、バイロン様だけの、もの……なのに……」

気持ちよさと切なさが同時にこみ上げ、涙が溢れてくる。

「わかっている——だが、これからも私は些細《ささい》なことで、こんな風に君を疑ったり、いじめたりしてしまうのかもしれない——それが、口惜しい」

苦痛に満ちた声で、ラーラを仰向けにすると再びバイロンは腰を突き動かした。

「あっ、あ、あ、だめ……っ」

ぐちゅりぬぷりと、愛液と淫潮の弾ける淫らな音が大きく響き、耳を覆いたいくらい恥ずかしい。なのに、突き上げられるたび、再び断続的に新たな潮を吹き出してしまう。身体中の水分が流れ出してしまうかと思うほどだ。

「やぁ、あ、また……ぁっ」

再び達してしまい、いやいやと首を振る。

こんなにも乱れてしまう自分が恥ずかしい。

「ラーラ、愛している」

バイロンが深く穿ちながら、低い声でつぶやく。

「あぁ、あ、私も、愛しています」

バイロンが細腰を摑み、腰を押し回すようにして最奥を搔き回すと、得も言われぬ愉悦が全身を駆け巡り、はしたないほど嬌声を上げてしまう。

だが、なんと苦く辛い快感なのだろう。

互いに愛し合っているのに、なぜこんなにも頼りなく不安な気持ちを抱えてしまうのだろう。

心を置き去りにして、身体だけはどんどん深く結ばれ、快楽を増大させていく。

「あ、奥、だめ……おかしく……」

「わかっている──君のここが、きゅうきゅう締め付けてくる」

小刻みに突いたり、ずんずんと抉るように揺さぶったり、バイロンはラーラが悦び乱れる動きを徹底的に繰り返した。

「はぁっっ、あぁ、だめ、もうだめ、だめ……っ」

脳天まで突き抜ける快感に、ラーラは全身でイキんで男の欲望を締め付け、がくがくと震えた。

「く――たまらない、私も」

「あぁ、やぁあぁあぁ、ああぁぁあっ」

二人は同時に果てた。

「はぁ、はぁ、は、はあ……ぁ」

身体を押し倒してきたバイロンの荒い呼吸が、耳元を擽る。

びくんびくんと、自分の奥で男根が震え、熱い迸りを吐き出す。

媚襞が断続的に収斂し、男の白濁を受け止める。その度に、再び軽く達してしまう。

話し合いにきたはずなのに、なぜこうなってしまうのか。

身体を重ねてめくるめく陶酔に溺れることで、互いの溝を埋めようとしている。それは、身体が繋がっている間は、可能だ。だが、欲望が満たされれば、二人は別々になる。

(このままひとつに溶け合ったままでいられればいいのに……)

ラーラは、愉悦で掠れた脳裏《のうり》でそう思った。

叶《かな》わぬことと知りながら――。


ラーラが皇太后の私室に呼ばれたのは、翌日のことだった。

宮殿の最奥にある皇太后の私室に呼ばれるのは、城に上がってから初めてのことだった。

自分によい感情を抱いていない皇太后が、わざわざ私室に招くのには、相当重要な話があるに違いない。

ラーラは極度に緊張して赴いた。

侍女に通された皇太后の私室は、重厚で飾り気のない調度品ばかりで設えられていた。それだけで押し潰されそうな雰囲気だ。

ソファに浅く腰を下ろしたラーラは、脈動がどんどん速くなるのを抑えられなかった。

「わざわざこんなところまで、足を運ばせてご足労だったな」

さらさらと重いスカートの衣擦《きぬず》れの音と共に、皇太后が姿を現した。彼女は、ソファの前のひとり掛け用の椅子にゆったりと腰を下ろした。濃紺の光沢を抑えたドレス姿の皇太后は、威圧感に満ちている。

「いいえ――皇太后様にはご機嫌麗しく……」

「頭痛の種が多く、あまり麗しくもない」

皇太后は、ぴしゃりとラーラの挨拶を遮った。

ラーラは思わず口を噤んだ。

皇太后は皺《しわ》に囲まれた細い目で、鋭く睨んでくる。

「そなた、先日、庭先で大公弟と逢《あ》い引《び》きをしていたというのは、ほんとうか？」

ラーラはぎょっとして目を見開いた。

「そ……それは……！」

狼狽《ろうばい》した彼女を見て、皇太后は大きくうなずいた。

「ふん、やはり、ほんとうか」

「い、いいえ、違うんです、誤解なんです！」

ラーラが言い募ろうとすると、皇太后が重々しい声を出した。

「誤解だろうとなんだろうと、スキャンダルには変わりない。宮殿の誰ぞ侍従が、そなたたちのことを覗いていて、首都の大衆紙に情報を売ろうとしておったわ」

ラーラは真っ青になった。

「そ、そんな……！」

「幸い、私の配下の諜報員《ちょうほういん》が先に情報を得て、なんとか公表前に食い止めた。だが――」

皇太后は険しい顔つきになる。

「公室に醜聞は禁忌じゃ。民たちは大公一家を敬愛しておるが、その一方で下品なスキャンダルも好むのじゃ。妾は、この大公家の権威をおとしめることだけは、断じて許さない！」

ラーラは思わず床に跪いた。

「どうか、お許しください！　私が軽卒でした！」

皇太后は、冷ややかにラーラを見下ろした。

「そもそも、身分も財産もないそなたがこの公室に入ろうとすること事態が、醜聞だ」

ひどい言葉に、ラーラは打ち拉《ひし》がれる。

「そなたが城に来てから、ろくなことがない。大公陛下はお怪我をなさるし、大公弟とスキャンダルを起こすし——妾と大公陛下の仲もうまくゆかぬし、皆、そなたのせいじゃ」

ラーラはうなだれて唇を噛んだ。

「はっきり申そう」

皇太后がぐっと身を乗り出した。

「そなたに身を引いてもらいたい。この宮殿を去ってもらいたい。妾にはこの国と大公家を守る義務がある。正直、そなたは大公家には禍《わざわい》の種じゃ」

皇太后の言葉は、重苦しくラーラにのしかかった。

今まで、バイロンの愛だけを頼りにここまで頑張ってきた。

だが、今回のジェラールとの一件で、互いの深い愛にも小さな齟齬《そご》ができた。バイロンを愛する気持ちには変わりはない。いや、それどころが、以前よりずっと深く彼を愛している。

だからこそ、バイロンの行く末の妨げになりたくない。

この国の未来を背負って立つ大公であるバイロンの、躓《つまず》きになりたくない。

これまでの愛は、自分の幸福だけを追う独りよがりなものだった。だが今は、相手の幸福だけを願うという、無償の愛に昇華していた。

バイロンの愛さえあれば、皇太后に疎まれることも平気だと思っていた。だが、それは違う。

大公家に軋みを作ってはいけないのだ。

今、自分のせいで大公家はばらばらになっている。

それはゆくゆくは、バイロンの未来に影を落とすことになるかもしれない。

ラーラは涙を噛み殺し、皇太后を初めてまっすぐ見た。

そのひたむきな瞳の色に、さすがの皇太后も少し怯んだようだ。

「私が望むのは、バイロン様の幸せだけです。私がその足枷《あしかせ》になるのなら、私はここを去ります」

皇太后は一瞬、見直したような表情になったが、すぐに口元を引き締めた。

「うむ。では、三日やろう。明日明後日《あさって》は、大国リスベニアの王が友好訪問なさる。その間は、大人しく息をひそめておれ。その後、ここを出ていくがいい」

「わかりました……」

ラーラはがっくり肩を落とした。

（あと三日――一生分、バイロン様を愛せれば、もう思い残すことはない）

第六章　天使の歌声

かつて大国リスベニアから独立建国したグルド公国は、今でもリスベニアと縁が深い。

リスベニア王国の後ろ盾があるおかげで、グルド公国は他国からの侵略を受けることなく平穏に過ごせてきた。

小さなグルド公国は資源も産物も乏しく、観光と芸術で成り立っている。そのため美しい自然を保つことと、絵画や音楽に力を入れていた。

現リスベニア王は、芸術に造形が深く、グルド公国をたびたび訪問しては、美術館や劇場を巡ることを楽しみにしている。

今回、バイロンは新しく首都に建てられたオペラ座のこけら落としに、リスベニアの王を招待したのだ。

国中の高名な歌い手を集め、大々的にオペラを披露することにしていた。

「リスベニア王に、君を紹介したい。君も、明日のオペラ鑑賞に出席してくれるね。久しぶりにオペラの雰囲気を味わうのもいいだろう？」

朝食の席で、バイロンが誘うように話しかけてきた。

ラーラは作り笑いを浮かべて答えた。

「ええ、もちろんです」

バイロンはじっと彼女の顔を見た。

「今日の君はなんだか上の空だ。お互い行き違いはあったが、私が君を愛していることには少しも変わりはない。それはわかってくれるね？」

彼の思い遣《や》りある口調に、ラーラは視線を外して答えた。

「もちろん、わかっております」

バイロンのまっすぐな視線をまともに受けられなかった。

あと二日で、自分はバイロンの元を去ろうとしている。

どんなに彼は傷つき苦しむだろうと思うと、心が折れてしまいそうだ。

それでも、ずっとバイロンの側にいることが、彼の人生の妨げになるのなら、憎まれてもかまわない、と思った。

いや、憎まれて忘れてもらえれば、バイロンは彼の地位にふさわしい女性を見いだすだろう。そんなこと、想像するだけで胸が抉られる思いだった。だが、バイロンに出会い愛された想い出は、ラーラの人生でかけがえのない時間だった。

その想い出があれば、残りの人生を耐えて生きていける、と思った。


リスベニア王の訪問は、国中を上げて歓迎された。

壮年の恰幅《かっぷく》のよいリスベニア王は、少し神経質なところがあるということで、王の勘気に触れることのないようグルド側は細心の注意を払ってもてなした。

滞在初日、リスベニア王はグルドの美しい湖と森を巡り、美術館を案内され、ひどくご満悦の様子であった。

接待する大公家の人々は、さすがの皇太后ですら緊張を隠せなかった。

ラーラもバイロンの側で、誠心誠意婚約者としての役割を務めた。

その晩は、バイロンは夜更《よふ》けまで、酒好きのリスベニア王の相手をして、杯を酌み交わしていた。

わずかの隙を見てラーラの私室に立ち寄ったバイロンは、

「リスベニア王は、君のことをひどく気に入られたようだ。ありがとう」

と、優しく労りの声をかけてくれた。

(ああ――こんなふうに、ずっとバイロン様を支えて生きていければ、どんなに幸せだろう)

ラーラは改めて彼への愛が強まるのを感じ、心がずきずき痛んだ。

翌日、オペラ座のこけら落としの興行が華々しく開かれた。

正面の特等ボックス席に、リスベニア王を真ん中に、公室の一族がずらりと並んだ。夜会服に身を包んだラーラも、バイロンの隣に座した。

今日は特別興行で、客はすべて招待された貴族や関係者で埋められている。

新築のオペラ座の舞台や観客席は、なにもかもぴかぴかで豪華で優雅で、申し分ない建物だ。

ラーラは緊張しつつも、久しぶりの舞台の雰囲気に、気持ちが浮き立つのを感じた。地方の芸術座の舞台で、端役《はやく》として歌っていた頃の自分が、はるか昔のように思われた。

(あの頃の私は、毎日生きるのに精一杯で、バイロン様の愛も知らず、無邪気だった……)

ハリスン家では辛い目に遭っていたが、妹たちと過ごしたり、大部屋で幕間に親友のタマラや端役のみんなとお喋《しゃべ》りしていた頃が、ひどく懐かしかった。

(今の私は、愛の悦びも哀しみも苦しみも知ってしまった)

せつなさに、ラーラは目をしばたたいた。

「ラーラ、もうすぐ開演だよ」

物思いにふけってたラーラに、バイロンがそっと話しかけてきた。

はっと我に返り、にこやかに彼に笑いかける。

「とても楽しみでです」

バイロンはなにかラーラの態度に感じたのか、もの問いたげな顔をしたが、リスベニア王が話しかけてきたので、そちらに向き直った。

開演ベルが鳴り、緞帳《どんちょう》が上がる。

主演の女性歌手が、朗々と歌い始める。

さすがに国でも名うての歌い手だけに、劇場の隅々まで響き渡る美しいソプラノだ。

観客席のあちこちから、感嘆のため息が漏れる。

ラーラもうっとり聴き惚《ほ》れていたが、ふと、あることに気づき眉をひそめた。

（なんだか、高音部が少しずれてきているような……）

わずかにぶれに気づいたのはラーラだけのようで、リスベニア王も観客も舞台に集中しているので、胸を撫で下ろした。

だが、二幕目になると、女性歌手の声の異変が次第に明らかになってきた。

ハイソプラノが、掠れている。

密かやなざわめきが、観客の間から起こる。

（体調が思わしくないのかも——咽喉を痛めている……）

ララはちらりと、リスベニア王の横顔を窺った。彼の神経質そうな細い眉が、かすかにひそめられている。

「バイロン様……」

ララは小声で隣のバイロンに声をかけた。

「ヒロインの方の調子が思わしくないようです」

バイロンも気づいたようで、顔が青ざめている。

女性歌手は額に脂汗《あぶらあせ》を浮かべ、必死の表情で歌い続けている。

ふいに、がたんとリスベニア王が席を立った。

はっと、特等ボックス席にいた者全員に緊張が走った。

「もう、けっこうである」

リスベニア王が低い声で言った。

皇太后が取り繕うように、声をかけた。

「リスベニア王、もう少しで幕間でございます。特別席に茶菓を用意させてありますので……」

「もうけっこうだと、申しておる」

リスベニア王のこめかみにぴくぴくと血管が浮いた。

「儂《わし》はこのような耳障りな舞台に耐えられぬ。侮辱である」

特等ボックス席の異様な雰囲気に、平席の観客たちもざわついた。

とうとう、主役の女性歌手が歌うのを止めてしまった。彼女は蒼白《そうはく》になり、ぶるぶる震えたかと思うと、ばったりと舞台に倒れてしまった。

共演者たちが悲鳴を上げる。

オーケストラの演奏がぴたりと止まった。

「幕を下ろせ！」

劇場支配人らしい男が、狼狽《うろた》えて指示を出し、するすると緞帳が下がった。

観客席から、困惑と不満の声が上がる。

リスベニア王はその様子を不愉快そうに眺めてから、厳しい声で言った。

「誠に申し訳ないが、大公殿《どの》、儂は気分が非常に悪い。予定を切り上げ、このまま国に戻る」

バイロンが色を変えて立ち上がる。

「リスベニア王よ、この度の舞台の不手際、すべて大公の私の不徳といたすところです。しかし、舞台は生もの、不測の事態もございます。どうか寛大なお心でご容赦いただき、さらによい催し物を代わりに——」

「けっこうである」

取りつく島もなく、リスベニア王はお付きの者たちを従えて、特等ボックス席を立ち去って行った。

「おお、どうしよう！　リスベニア王の勘気に触れたら、我が国はどうなるのじゃ！」

皇太后が、いつもの威厳に満ちた態度を失い、狼狽しきった声を出す。

さすがのバイロンも、呆然と立ち尽くしている。だが、彼はすぐに気を取り直し、リスベニア王の後を追おうとした。

「バイロン、どうするのじゃ！」

皇太后が縋るように言う。

バイロンは肩越しに振り返り、静かに答えた。

「陳謝するしかありません。この膝《ひざ》を深く折って、ひたすらリスベニア王に謝罪します」

バイロンが背中を向けて出ていくのを、ラーラは思わず追いすがった。

「待って、バイロン様！　お気持ちはわかります。でも、一国の大公であるあなたが、無闇に膝を折るのはなりません。あなたはこの国そのもののお方。やすやすと、屈してはなりません」

彼の腕を強く摑み、訴えた。

バイロンはラーラの凄《すご》みを帯びた言葉に、驚きと感銘を受けたような表情をした。

「ラーラ――君は――」

ラーラはごくりと生唾を呑み込み、決然として言った。

「私に――私が、リスベニア王を説得してみます」

「小娘のそなたに何ができるという！　公国の存亡の危機だというに！」

背後から皇太后が嘲笑《ちょうしょう》するように言った。

ラーラは振り返ることもせず、まっすぐバイロンの目を凝視した。

「歌います――リスベニア王の心に届くように」

バイロンは苦悩に満ちた顔で首を振る。

「君の気持ちは嬉しいが、さらに王の怒りを煽るようなことになっては――」

「その時には、私は一命を捧げます。バイロン様が膝を折るくらいなら、私の命を差し出します」

「ラーラ――」

「は、面白い。やってみるがいい――命と引き換えなら、リスベニア王も納得するであろう」

皇太后が傲然と言った。

「母上――！」

「わかりました」

ラーラは怒りに震えるバイロンをそっと押しとどめ、急ぎ足で劇場の廊下を進んだ。

心臓が口から飛び出しそうなほどばくばくいっていた。

だいそれたことを言ったが、ただただバイロンの名誉を慮《おもんぱか》っただけで、自信はなかった。それでも、音楽に造詣《ぞうけい》が深いリスベニア王の、芸術を愛する心に賭《か》けてみたかった。

劇場の中央階段を下りていくと、ちょうど玄関ロビーにリスベニア王の姿があった。

「お待ちください！　リスベニア国王陛下！」

リスベニア王が怪訝そうに振り返った。

ラーラは、階段を下りながら声を張り上げた。

「どうか——お怒りをお解きください。私が……畏《おそ》れ多くも私が、先ほどの見せ場の歌を代わりに、ご披露いたします！」

リスベニア王の不機嫌な顔に、ちらりと好奇の色が走った。

「そなたは——大公殿の婚約者であられたな。歌をたしなまれるのか？」

ラーラは階段の踊り場で足を止め、息を整える。

「はい、少しだけですが——でも、誰よりも心を込めて歌います。どうか、お怒りを鎮めてください」

リスベニア王はまじまじとラーラを見上げた。その表情が少し緩む。

「ふむ、面白い。妙齢の美女の頼みとなれば、聞かぬでもないが。しかし、これ以上儂を不愉快にさせるのであれば、国交断絶もありうるぞ。どうか？」

大国の王らしい威風に満ちた言葉に、ラーラはひやっと足が竦んだ。

「ラーラ、もうよい――」

追いかけてきたバイロンが、階段の上から愛情に満ちた声をかけた。

「もう充分だ。リスベニア王よ、私が謝罪をいたします」

「いや、儂はぜひ、御令嬢の歌を聞きたい。そこでよい。歌ってみなさい」

リスベニア王はまっすぐ正面を向き、腕組みをした。

「はい――」

ラーラは、踊り場にすっくと立つと、胸に手を当てて何度も深呼吸した。

極度の緊張で足が震えている。

いつぞや、グレンに言われた言葉を思い出す。

「演じれば、やがてはそれが身につきます」

（そうだ、演じるのよ――私は国一番の歌姫なの）

ラーラは目を閉じ、自分がオペラ座の舞台に立ってアリアを独唱する姿を思い描いた。客席にいるのは、ただひとり、バイロンだけ――。

愛する人に、この想いを届けるのだ。

「この密やかなため息を　この哀しい恋の心よ　薔薇色の翼に乗って　愛する人の元

へ飛んでおいき」

ぴくんとリスベニア王の眉が上がり、彼はゆっくりと組んでいた腕を解《ほど》いた。そして、じっとラーラを凝視した。

澄んだハイトーンのソプラノが玄関ホール中に響き渡り、その場にいた者たちは、皆息を止めて聞き入った。

ヒロインの山場のソロのこの歌は、囚《とら》われて離ればなれになった恋人を想うもので、バイロンとの別れを胸に秘めているラーラにとって、切実にひしひしと胸に迫るものがあった。

「囚われたあの人の　辛い心を慰めるため　愛の心よ　希望のそよ風になって　あの人に届けておくれ」

ラーラは歌の世界に入り込み、想いの丈《たけ》を込めて歌った。

「恋しい人に　愛の夢を　愛の記憶を　もう一度　あの人に味わってもらいたいの」

歌い終わると、ラーラはゆっくりと目を伏せた。

最後の旋律は、長く尾を引いて周囲の空気を震わせた。

誰もひとことも口をきかなかった。

ラーラは歌の世界の感情が身体中に満ちて、清々《すがすが》しいほどだった。

自分はやりきった——どのような結果でも甘んじて受けよう。

長い沈黙だった。

突如、ぱんぱんぱん、と手を打つ音が玄関ロビーに響いた。

「ブラボー」

ララははっと顔を上げた。

リスベニア王がこちらに向けて拍手をしていた。彼の表情は満足げだった。

「素晴らしい――御令嬢。こんな、天使のような歌声を、儂は初めて聞いた。至福であった」

「……国王陛下……」

ララは胸が詰まって声が出なかった。

自分の命を賭けた思いが、リスベニア王の心を動かしたのだ。

そっと背後から肩を抱かれた。

バイロンが無言で抱き寄せていた。

「大公殿、途中退席した無礼をお詫びする。貴殿の国は、豊かな自然と芸術に溢れた素晴らしい国である。今後とも、末永く友好を結びたい」

リスベニア王が片手を差し出した。

バイロンは階段を下り、がっちりとリスベニア王の手を握った。

「こちらこそ。感謝します、王よ」

ラーラはふいに緊張が解け、涙が溢れてきた。

「おお——これで、我が国は安泰じゃ……」

階段の上で、皇太后が声を震わせて立っていた。

他の公室の者たちも全員、階上に出ていて、この様子を見ていたらしい。

皆、深い感動の面持《おもも》ちで立ち尽くしている。

ラーラは気力を使い果たし、その場で頽れそうになるのを必死で堪えて、リスベニア王と熱い抱擁を交わすバイロンの姿を見つめていた。

その夕方、リスベニア王は再びの来訪を約束し、祖国へ旅立っていった。


リスベニア王が宮殿を出立した晩、ラーラは簡単な身仕度をするとヘレンを呼んで、一通の手紙を差し出した。

「ヘレン、もし今宵、バイロン様が私を訪れたら、この手紙をお渡ししてちょうだい」

ヘレンは受け取りながら、怪訝な表情をした。

「承知しました——が、なぜ、お手紙を？　直接お話になればよいのでは？」

ラーラは作り笑いを浮かべた。

「今宵は、少し疲れたので、早く休みたいの。でも、大事なことなので、ぜひ手紙はお渡しして」

「わかりました。今日は大変な日でございましたものね。でも、ラーラ様、私は今日ほど、あなた様にお仕えして誇らしいと思ったことはございません」

ヘレンが深々と頭を下げた。

ラーラはもう少しで泣きそうになった。

この厳格だが懐《ふところ》の深い侍女頭に、いつの間にか母のような、あるいは姉のような感情を抱いていたのだ。

(ごめんなさいね、ヘレン。黙って出ていく私を許してね)

ラーラは寝所に入ると、庭に面したバルコニーへの観音開きの扉を開けた。そこから出て、庭を抜けて宮殿の裏門へ向かおうと思った。

(バイロン様のために全力を尽くして、この国を救えたわ——もう、私の役目は終わった)

一歩踏み出そうとすると、背後から密やかな声がした。

「君は、どこへ行くつもりだ?」

ラーラはぎくりと肩を竦めた。

おそるおそる振り返ると、暗い寝所の中にバイロンの姿があった。彼は片手にラーラの書いた手紙を持っている。

「あ……?」

彼が訪れるのはもっと深夜だと思い込んでいたラーラは、狼狽する。

「たった今、ヘレンが顔色を変えて私の元にこれを届けにきたのだ。君の様子がどうもおかしいと――」

バイロンは手にしていた手紙をくしゃっと握りしめた。

「『さようなら　追わないでください』――いったいこれは、どういう意味なんだ？」

彼の端整な顔が怒りと困惑で青白い。

ラーラは声を震わせた。

「意味って――文字通りです……」

「今日、君は命を賭けて私を、我が国を救ってくれたではないか。なぜ、ここを去ろうとするんだ？　君の気持ちがわからない」

ラーラは唇を噛んだ。

愛しい人を目の前にすると、せっかくの決心がぐらついてしまう。

「わ、私は……過ちを犯したから……」

「過ち？」

「あなたも、見たでしょう？　大公弟陛下と、私は……」

「あれはジェラールが無理矢理迫ったのだろう？　彼だってそう弁明していた」

ラーラは目を逸《そ》らした。とてもまともに顔を見て、嘘《うそ》をつけない。

「ち、がうの……私は、ふしだらな行為を……」

「なぜ、そんな見え透いた嘘をつく！」

バイロンは激昂《げっこう》した声を出し、いきなり前に進み出ると、ラーラの腕をむんずと摑んだ。激痛が走り、ラーラは生きた心地もしない。

「嘘じゃ、ありません。私は、宮殿での慣れない生活にとても不安で、疲れ果てて……つい、大公弟殿下の誘いに乗ってしまいました。私は……身を任せ……」

「なぜだ？ なぜそのような偽りまで口にして、私の元から離れるというのだ!?」

それは、愛しているから——。

とは、口が裂けても言えない。

「あ、愛していないからです。バイロン様のことを、ほんとうは愛していないと、気がついたのです」

「なんだと!?」

バイロンの鬼気迫る表情に、今すぐこの場で心臓が止まってしまえばいいのに、と思う。

「私はお姫様みたいなお城の生活に憧れ、浮かれていたんです。落ちぶれた貴族の娘が、大公陛下に愛されるという甘い夢に溺れていたんです」

バイロンは信じられないという表情になる。

うのか？」

「君は、あれほど私のために、身も心も捧げてくれたのに——それは愛ではないとい

ラーラは溢れる涙を止めることができなかった。

「愛ではなかったの……夢に酔いしれていただけ……」

ふいにバイロンがぎゅっと骨が折れそうなほど強く抱きしめてきた。

「君は、私を信じられないのか？　どんな困難でも、君を守り、君と共に生きていくと誓ったのに——」

ラーラはバイロンの血を吐くような言葉に、思わず縋りたい気持ちに駆られた。

だが、脳裏を皇太后の怜悧《れいり》な顔がよぎる。

（そなたは大公家には禍の種じゃ）

リスベニア王との一件でも、つくづく身に染みた。

バイロンがどんなに国の重責を背負って生きているか。

彼のその重荷を増やしたくはない。

「許してください——大公陛下との想い出は、私にはかけがえのない大切な宝物です。一生感謝し、忘れません。大公陛下には感謝して——」

「大公陛下などと、よそよそしく呼ぶな！」

普段穏やかなバイロンからは想像もできないような激昂した声を出し、彼は嚙み付

くように唇を奪ってきた。

「う、ぐ……んんっ」

唇が切れ、口中に血の味が広がった。

顔を背けようとすると、うなじを抱えられ舌を深く押し込まれる。

「く、ふ、う、んんうぅ」

息もつけないほど強く舌を搦めとられ、激しく吸い上げられた。

頭がくらくらする。

これがバイロンとの最後の口づけだと思うと、抵抗する気持ちがみるみる薄れてしまう。

「──君を愛している。私を拒まないでくれ──嘘だと言ってくれ」

バイロンは強く身体を押し付けてきて、ラーラはバルコニーの手すりに強く背中を打ち付け、息が止まりそうになった。

激昂したバイロンが、ドレスの胸元を引き裂かんばかりに押し下げ、コルセットに包まれた白い胸を露にした。

「や……だめ……」

ふくよかな胸の谷間に顔を埋められ、きつく何度も吸い上げられる。

「つっ……」

肌理《きめ》の細かい胸元に、無惨に赤い痕が散る。バイロンはコルセットの紐《ひも》を乱暴に解き、剝き出しになった乳房を摑み上げると、赤い頂《いただき》に鋭く歯を立てた。

「痛っ、あ、やっ」

嚙みちぎられそうな勢いに、ラーラは悲鳴を上げる。

じんじん痛む乳首をさらに何度も嚙まれたかと思うと、熱い舌がぬるぬると舐め回す。

痺れる痛みに甘い疼きが湧き上がり、バイロンの荒ぶる行為に戦慄きながらも、自分の身体まで熱く昂ってくる。

「この愛らしい顔、柔らかな肌、しなやかな身体は、全部私のものだ――だから、心も――」

バイロンはドレスのスカートを性急にたくし上げ、ドロワーズを引き下ろす。

「だめ、いけない……だめ……っ」

ラーラはバルコニーの手すりとバイロンの身体に挟まれ、身動きできずに仰《の》け反《ぞ》った。

その仰け反る白い咽喉元にも、バイロンは強く唇を押し付け、痛いほど吸い上げる。

身体中にバイロンの愛の証が刻印されそうで、恐れと興奮がラーラの血を熱く駆け巡り、淫らな情熱に溺れそうになる。

「お願い……離し……う、ぐ、ぐぅぅ」

拒絶の言葉を奪うように、バイロンは再び唇を奪い、咽喉奥にまで舌を捩じ込んでくる。

「……ふ、く、ぐぅ、は……」

魂も奪うような激しい口づけに、窒息寸前になったラーラは、一瞬意識を飛ばしてしまった。

ぐったりした彼女の身体を抱え起こし、バイロンは股間を乱暴に手で弄った。

「こんなに濡らして――私を熱く求めているくせに」

耳元に熱い吐息を吹きかけられ、ラーラの意識がぼんやりと戻ってくる。

ぐちゅりと長い指が蜜口に差し入れられ、性急に掻き回す。

「あっ、やあ、ああっ」

いきなり奥まで突き立てられ、ラーラはぞくりと背中を震わせた。

「あ……あぁ、あぁ……」

指を三本にも増やされ、愛液を掻き出すように乱暴に抽挿《ちゅうそう》を繰り返され、下肢が蕩《とろ》けそうに甘く痺れてしまった。

「ほら、奥がもうこんなに締め付けて――君の弱いところは、全部わかっている」

ぐちゅぬちゅと淫猥な音を立てて熟れた媚肉を抉られ、ラーラはあっという間に昇り詰めそうになる。恥骨の裏側の柔らかな膣壁をぐいぐい擦られ、強烈な快感に屈してしまう。

「やぁっ、そこ、だめ……あぁ、だめ、あぁぁあっっ」

びくびくと腰を震わせ、花弁がうねりながら大量の蜜潮を溢れさせた。大量の潮が、ぽたぽたと音を立てて大理石の床に滴《したた》り、淫らな水溜まりを作る。

「は、はぁ、あ、バイロン様……ひどい……こんな……」

恨みがましい目で彼を睨むが、熱く灼《や》けた濡れ襞は、挿入された指を物欲しげにきゅうきゅうと締め付けてしまう。

「もっとひどくしてほしいのだろう？」

バイロンの端整な顔は、恐ろしいほど劣情に歪んでいる。

彼はキュロットの前立てをもどかし気に緩めると、昂る欲望を取り出した。

濡れそぼった蜜口に硬い先端が押し当たると、ラーラの全身が挿入の予感にびくんと震えた。こんな異様に昂った状態で貫かれたらおかしくなってしまう。

必死で身じろぎしたが、膨れた亀頭は容赦なく淫襞に突き刺され、一気に押し入ってきた。

「きゃぁう、あ、熱い……奥、あ、深くて……っ」

脳芯まで貫かれたような衝撃に、ラーラは悲鳴を上げて仰け反った。

バイロンは彼女の片足を抱えて持ち上げ、股間を大きく開かせ、そのままぐいぐいと腰を穿ってきた。

「っ……や、やぁ、あ、当たって……奥が……当たる……っ」

子宮口をごりごりと抉られるような衝撃に、ラーラは瞼《まぶた》の裏に愉悦の火花が何度も散ったような気がした。

「ラーラ——ラーラ」

バイロンは首筋や胸元、乳房と、ところかまわず歯を立てながら、腰を前後左右に激しく動かした。

「あぁ、あ、や、壊れ……あぁ、激し……っ」

最奥で愉悦が弾け、身体中の神経が結合部に集中し、頭が霞《かす》んでくる。

「っ……壊れ……ああ、だめ、壊れて……っ」

愛する人に貪欲に求められる悦びに流され、ラーラは逼迫《ひっぱく》した嬌声を上げ続けた。

「私を愛していると言え」

耳朶に荒い息が吹き込まれる。

「ひ……う、ぁ、ぁあ、や……」

ラーラは目尻に快感の涙を溜め、首を振り立てる。

愛している。

でも、もう側にはいてはいけない。

離れたくない。だが、バイロンの足枷にはなりたくない。

ラーラは最後の理性の欠片《かけら》を集め、真実の言葉を呑み込んだ。

「いや……や……あぁ、んぅ……」

バイロンは焦《じ》れたように、低く唸《うな》る。

「言わないのか——言えないのか？」

彼は彼女のもう片方の足も持ち上げ、さらに体重をかけてがむしゃらに腰を打ち付けた。

「あ、あぁ、あ、壊して……あぁ、どうにかして……もうっ、もうっ……っ」

達したままになり、膣腔が痺れて愛液がだだ漏れになる。

苦痛なほどの喜悦の連続に、ラーラは我を忘れてしまう。

「お、願い……もう、もう、来て……あぁ、一緒に……っ」

快感に全身でいきむと、淫襞が男の肉胴をきりきりと締め上げげた。

「ラーラ——ああ、愛している。達くよ、達く——」

バイロンが最速で腰を振り立てて、ふいにびくりと全身を震わせた。

「あぁぁ、あああぁぁあぁっ」

ラーラの最奥で、膨れた屹立がどくんと脈打ち、熱い迸りが噴き上がる。

バイロンの灼熱《しゃくねつ》の精が、ラーラの粘膜も意識も真っ白に染めていく。

「はぁ、は、は……はぁ……ぁ」

何度か強く腰を打ち付けられ、最後のひと雫《しずく》まで注ぎ込まれ、ラーラは全身が弛緩《しかん》してしまう。

長いこと、二人はぴったりと身体を繋げ合わせ、互いの体温と息づかいを感じていた。

「――もう、だめなのか？」

長い沈黙の果て、バイロンがくるおしげにささやいた。

「……バイロン様……」

いっそ繋がったまま死んでしまえればいいのに、とラーラは思う。

「……許してください……もう、許して……」

悲痛な涙がどっと溢れた。

バイロンが、ゆっくりと身体を離し、ラーラはぐったりとバルコニーの手すりにもたれた。

彼の口調が自嘲めいたものになる。

「私の愛は、君を苦しめるだけだったのか？　君を心から幸せにしたいと思ったのは、私の独りよがりだったのか？」

ラーラはあまりの苦しさに、胸がずきずき痛んだ。

「バイロン様のせいではありません……私の気持ちの問題です。どうか、もう言わないで……」

バイロンが深いため息をついた。

「君を私の愛で縛るつもりはない——君は自由だ。私は、いつだって、君ののびのびした自由な心を愛している」

息が止まりそうなほど、せつなくなる。

ここに至って、バイロンの愛がひとまわり大きくなったのを感じた。

それは、ラーラと同じ、自分より愛する人の幸福を願うという、より深い愛だ。

「……バイロン様……私……」

ぽろぽろ愛惜の涙がこぼれる。

ふいにバイロンが、慈愛に満ちた顔で微笑んだ。

「ありがとう、ラーラ。私は君に出会えてとても幸せだった。その気持ちは、これからもずっと変わらない。君は私にとって、唯一無二の女性だということを、覚えていてくれ」

彼は丁重にラーラのドレスを直し、最後にそっと頬を撫でた。

「愛している」

そう言うと、彼は背中を向け、その場を立ち去っていった。

その悄然《しょうぜん》とした背中を、ラーラは一生忘れないだろうと思った。

「ああ……あぁ、バイロン様……私だって……あなたしか、いないの……あなたしか、愛せない」

ラーラはこみ上げる嗚咽を必死で嚙み殺した。


ラーラは妹たちの元へ戻った。

そしてハリスン家を出て、小さなアパートで姉妹だけの暮らしを始めた。

妹たちは、やつれ果てて帰ったきたラーラに、何も問わなかった。

ただ、姉妹だけで暮らせることを心から喜んだ。

ラーラは芸術座の劇場支配人に、もう一度端役から歌わせてくれと頼んだ。

「いろいろあって……私にはやっぱりここしかないんです。どうか、歌わせてください」

元より、ラーラの歌の才能を買っていた劇場支配人は、心良く復帰を認めてくれた。

タマラも大部屋の仲間たちも、ラーラが戻ってきたことに驚きをもって迎えた。てっきり彼女は大公陛下の婚約者になったのだと思っていたからだ。

だが皆、何かしらの事情を酌んでくれ、温かく接してくれた。

芸術座は、大公の元婚約者であるラーラが舞台に立っているということで、人々の好奇と評判が評判を呼び、連日満員御礼であった。

ラーラは傷心を押し隠し、懸命に元の生活に馴染《なじ》もうとした。

だが、バイロンのことを想わぬ日はなく、離れてなお、愛が深まるのをひしひしと感じていた。


その秋、皇太后が病《やまい》で倒れた、というニュースが国中に流れた。

それまでバイロンの補佐役として務めていた彼女は、責務を降りることになったという。

ラーラは皇太后の容態を気遣ったが、世間で知る以上の情報は得られず、心の中で息災を願った。


秋口の芸術座。

本日が公演の楽日であった。

開演前、大部屋の化粧台で仕度をしていたラーラの元に、タマラが興奮したようにやってきた。

「ラーラ、ねえ、あなたにお花が届いているわ！」

「え?」

見ると、タマラが大きな深紅の薔薇の花束を抱えて差し出している。

「まあ、どなたが?」

受け取ったラーラは、添えられたメッセージカードを見て、どきんとした。

カードには、複雑な飾り文字のサインが記されているだけだった。

「あら、なあにこの文字、なんだかへんてこりんね、ぜんぜん読めないわ」

覗き込んだタマラが、呆《あき》れた声を出す。

ラーラは声が震えるのを必死で抑えた。

「これは……古式グルド語っていうの」

「へえ。で、なんて書いてあるの?」

ラーラは首を振った。

「わ、私にも、読めないわ……」

心臓がばくばくいう。

まさか、よもや——。

そこへ劇場支配人が入ってきた。

「ラーラ、ちょっと演出が変更になったんだ。本公演の緞帳が上がる幕前に、君に前説でなにか短いアリアを歌って、時間を稼《かせ》いでくれないか」

「私が、ですか？」

「うん。君は確か二幕目からの登場だから、頼むよ」

「わかりました」

花束のメッセージカードに動揺していたが、仕事としてきちんと歌い上げようと、何度も深呼吸して気持ちを落ち着けた。

舞台端から、ゆっくり幕前に進み出た。

「今宵は皆様、ようこそ——」

挨拶をしようとして、ラーラはぎょっとなった。

客席に観客がひとりもいなかったのだ。

(嘘——今夜は満員御礼のはずなのに……)

まだ客入りをしていなかったのか。しかし、劇場支配人がそんな初歩的な間違いを犯すはずもないのに——。

「『アヴェ・マリア』を歌ってくれないか」

暗転している客席から、深く澄んだ声が響いた。

「っ——」

ラーラは息が止まりそうになった。

客席の最後尾の扉口に、すらりとした長身の男性のシルエットがあった。

その男性は、ゆっくり通路を下りてきて、こちらに近づいてくる。

「あ、あ……」

仕立てのよいグレイのフォーマルスーツ姿の端整な青年――バイロンだった。

彼は穏やかな表情で、舞台の上のラーラを見つめている。

その視線だけで、ラーラはせつなくて恋しくて、その場に頽れそうになった。

「お願いだ、ラーラ。『アヴェ・マリア』を――」

バイロンが繰り返した。

ラーラは、高鳴る胸を抑え、こくんとうなずいた。

深呼吸し、小さい声で歌い出す。

「アヴェ・マリア　あなたは主とともにおられる　御子《みこ》イエスと共に」

見事なソプラノが、劇場に響き渡る。その声は、次第に熱がこもり声量が増してく
「永遠に　私たちのために――」

歌い終わると、ラーラはどうしていいかわからないまま、バイロンを見返した。

バイロンが瞳を潤ませる。

「ああそうだ、その歌だ。私が初めて君に出会い、君に魅入られ、恋をした――あの、
丘の上の時の歌だ」

ラーラの頭の中に、過去の想い出が走馬灯のように流れた。

まだ両親が健在で、家族が幸せで、ララは無邪気で無垢《むく》なあの頃――。

海辺の丘陵で出会った、陶器のように繊細な病弱な少年。

ララはこみ上げてくるものを押し殺し、つぶやいた。

「では、あの時の少年が、バイロン様……」

「そうだ。私は出会った瞬間、天使のような歌声の美少女に恋をした。君に会いたくて、毎日、毎年、あの丘陵を訪れたけれど、二度と君には会えなかった――私は密かに君のことを探し求め、君が両親を失い、遠縁に身を寄せて、この劇場で歌手の卵になっていることを知ったんだ」

「それで――ずっと、無記名でお花とカードを贈ってくださったの？」

「ああ――私がいつか大公として君にふさわしい人間になったら、君を迎えにいこうと思って、ずっと見守っていたんだ」

「ああ……そんな……」

ずっと前から、バイロンは自分を見初《みそ》め、密かに愛し続けてくれていたというのか。

「なぜ……再会したとき、黙ってらしたの？」

バイロンが少し照れくさそうに笑う。

「だって――君は私のことを何も知らないのに、昔の想い出まで持ち出して君の気持ちを向かせるのは、卑怯《ひきょう》な気がしたんだ。再会した時の、ありのままの私を愛してほしかったんだ」

「バイロン様……」

ララは感極まって声を詰まらせたが、なお、なぜ今ここに彼がいるのかは理解できなかった。

「なぜ、ここにいらしたの？　私はお別れしたはずです」

「ララ、私はあの頃の気持ちに立ち帰り、もう一度君に求婚しにきたんだ」

「え？」

バイロンは一歩前に近づく。

「私は、君が去った後、母上に――皇太后にきっぱり告げた。一生私は妃《きさき》を娶《めと》るつもりはない。跡継ぎが欲しければ、私は退位し、弟のジェラールに大公の位を譲る、と」

「そ、そんな――バイロン様は誰よりのこの国のことを思ってらっしゃいます。そんな愚かなことを――」

バイロンが清々しく笑った。

「ララ。国の頂点に立つ者が不幸で、民たちをほんとうに幸せにできると思うかい？　私の幸せは、君がそっくり持ち去ってしまった。だから、私は自分の幸福を取り戻しにきたんだ」

「バイロン様……でも、でも私は……あなたのことを……」

もはや自分の心に嘘がつけず、ラーラは言葉尻を呑み込んでしまった。

「もう、いいんだ、ラーラ」

バイロンが、また一歩近づいて、舞台の真下に立った。

「病で倒れた母上は、一命を取り留めた。そのとき、私を枕元に呼び、懺悔《ざんげ》したんだ。ジェラールをけしかけ、偽の手紙で弟を君の元へ送り、狼藉《ろうぜき》を働かせようともくろんだことを――その他にも、君に対して様々な非道な仕打ちをしたことを、母上は後悔なさっている。リスベニア王の面前で君が見事にアリアを歌って、我が国の窮地を救ったとき、母上は君を、認めたんだ。母上はこよなくこの国を愛している。その国を救った君に、感謝している、と――」

ラーラは胸に溢れる感動と恋情で、目眩がしそうだった。

「もう一度、君に乞《こ》う。私と結婚してくれ。私の生涯の伴侶《はんりょ》となり、この国を共に支えてくれ」

バイロンが両手を差し出す。

ラーラは溢れる涙で、前が見えなかった。

「バイロン様……ああ、私のバイロン様……！」

舞台の上から、よろめくようにバイロンの腕に身を投げた。

バイロンがしっかりと抱きとめた。

ラーラは彼の首にぎゅうっと両手を回し、何度も繰り返した。

「イエス、イエス、イエス……愛してます、愛してます、愛しています！」

「ラーラ、その答え以外、欲しくない。愛している、私の歌姫！」

二人は、もう二度と離れまいときつくきつく抱き合った。

感極まったラーラの瞳から、涙がほろほろとこぼれた。

バイロンは、彼女の頬に唇を押し当て、流れる涙を吸い取った。それから、そっとラーラの唇に寄せてくる。

甘く柔らかい唇の感触に、ラーラは胸が熱くなった。

「あ……バイロン……ん、んん……」

互いに唇を撫で合い、何度も感触を確かめる。

と、ふいに舞台の緞帳が上がり、わあっという歓声が上がった。

ラーラとバイロンは、驚いて顔を上げる。

芸術座の劇場支配人始め、俳優たちが勢揃いして拍手をしていた。

「おめでとう！　ラーラ、やっと想いが叶ったわね！」

タマラが涙ぐみながら言う。

「おめでとうございます！　大公陛下、ラーラ！」

劇場支配人が前に進み出て、深々と頭を下げた。

「公演を中止させてしまって、すまなかった、支配人」

バイロンの言葉に、劇場支配人は首を振る。

「とんでもない。お客様たちには、事情を説明し、振り替え公演の切符をお渡ししました。いつも演じてばかりの我々が、極上の見せ物を拝見できるなんて、こんな光栄なことはございません」

ララは喜びに頬を上気させながら、劇場支配人を見た。

「支配人――ありがとうございます――私……」

劇場支配人がうなずく。

「今度こそ、幸せになるんだよ、ララ。いや、もうララ様、かな？」

ララは嬉し涙にむせび、バイロンの胸に顔を埋めた。

温かく広い胸に抱かれ、自分の幸せはここにしかない、としみじみ思った。

「一緒に帰ろう。私たちの宮殿へ」

耳元でバイロンが甘くささやいた。

ララは強くうなずいた。

エピローグ

宮殿にバイロンとともに戻ってきたラーラを、ヘレンとサラが嬉し泣きして迎えた。ほとんど感情を表に出さないヘレンが、

「ああ、よくお戻りになられました！」

と、ラーラの手を握ってむせび泣くのを見て、ラーラは感激に胸がいっぱいになった。

彼女たちだけでなく、宮殿の者たちほとんどが、ラーラを歓迎して受け入れた。

「ラーラ様がいないと、大公陛下はまるで生気がなくなられて、城は火が消えたように暗い空気が満ちておりましたからね」

グレンも心から安堵したように言った。

宮殿の自分の私室に入ると、ラーラはまるで故郷へ戻ったかのようにほっとした。

（ああ、もうすっかりこのお城は、私の人生の一部になっているのだわ）

到着してすぐ、ラーラはバイロンに皇太后の見舞い伺《うかが》いにいきたいと願い出た。

「私のことを許してくださって――心からのお礼を申し上げたいの」

皇太后からは、身体に障るので三分だけ面会する、と連絡があった。

バイロンに伴われて皇太后の寝所に赴くと、医師がラーラだけ入るように指示した。

ラーラは足音を忍ばせ、部屋に入った。

皇太后は半身をベッドから起こし、正装しきちんと化粧もしていた。

そこに、女大公として国を治めていた彼女の気概が窺われた。

ラーラは深々と礼をし、心を込めて言った。

「お加減はいかがでしょうか？　この度は、私を宮殿に戻してくださり、感謝いたします」

「別に――私の意志ではない。大公陛下がそう望んだまで」

以前と変わりない厳格な声だ。

「はい――」

ラーラは次の言葉があるまで、頭を下げていた。

しかし、後は沈黙が支配した。

「時間です」

医師の言葉に、ラーラははっとして頭をわずかに上げ、そのままの姿勢で後ずさりで退出しようとした。

「――あとは、頼む」

ぼそりと皇太后がつぶやいた。

たったひと言だったが、ラーラは胸が熱くなった。

「はい」

そう答えるのが精一杯で、部屋を出た。

廊下で待っていたバイロンは、ラーラが涙ぐんで出てきたのを見て、気遣わしげに近寄った。

「ラーラ、大丈夫だったか？」

ラーラは涙を拭ってにっこり微笑んだ。

「はい——あとを頼むと、おっしゃってくださいました。この私に……。私、身が引き締まる思いです」

バイロンは優しくラーラの肩を抱いた。

「そうか——これからずっと、共に歩んでいこう」

「ええ」

ラーラはそっとバイロンの肩に頭をあずけた。

二人は寄り添って歩き出した。

その夜、ラーラは久しぶりにバイロンの寝所に赴いた。

新しい絹の寝間着に身を包み、そっと部屋に入ると、バイロンがいつも身にまとっているウッディなオーデコロンの香りがほのかに匂い、肌が戦慄いた。

初めて彼と褥《しとね》を共にするような緊張感と、胸の高鳴りを抑えることができない。

「ララ――」

ベッドに座っていたバイロンが、艶っぽい声で呼ぶ。

「おいで」

おずおずと近寄ると、大きな手が華奢《きゃしゃ》な肩を引き寄せた。

倒れ込むように、バイロンの胸に抱かれる。

「たったひと月、君と離れていただけで、私は君の柔らかな肌が恋しくて、寂しくてたまらなかった」

両手で息が止まりそうなほど強く抱きしめられる。

「私も……バイロン様」

彼の胸の鼓動がとくとくと激しく脈打っている。バイロンも同じように興奮しているのだと思うと、それだけで下肢が甘く疼いた。

バイロンの左手がうなじを支え、顔を仰向かせた。

薄暗がりに、熱をはらんだ彼の青い瞳が浮かんでいる。

「ん……」

柔らかく唇を重ねられ、甘い鼻息を漏らす。

熱い舌が唇を抉《こ》じ開け、忍び込み、口腔を舐《ねぶ》り回す。

「んんぅ、ん、ふ……」

深く口内を弄られ、ラーラは煽られて自ら舌を絡め、夢中で吸い上げた。

「はぁ、ふ、ん、んぅぅ」

堰《せき》が切れたように、バイロンが口腔を貪る。

ラーラの身体からみるみる力が抜け、血が熱く滾ってくる。

息も唾液もすべてを呑み込み合い、想いの丈を伝え合うように長い口づけをした。

「はあっ……」

唇を離したバイロンは、今度はラーラの艶やかな髪に顔を埋め、高い鼻梁《びりょう》でくしゃくしゃに掻き回し、彼女の甘い体臭を心ゆくまで堪能する。それから、顔は耳朶、首筋へと下がってくる。

「あ……ぁ」

ちゅっちゅっと、薄い耳朶や細い首筋に口づけが繰り返されると、こそばゆい心地好さに、ぴくんぴくんと身体が震える。

その間に、寝間着の裾の下から彼の片手が潜り込み、脇腹や胸元を弄ってくる。

「綺麗だ……」

艶めかしい声でささやかれ、うっとり瞼を閉じてバイロンの愛撫を受ける。

長い指が乳房に触れ、すでに尖《とが》り始めた乳首を擦ると、もはやいてもたってもいられないほど下腹部が熱く蕩けてしまう。

「ん、あ、はぁ……」

息が乱れてくると、バイロンが寝間着の裾を持ち上げ、ラーラを万歳をする格好ですっぽりと脱がせてしまう。

陶磁器のようなすべすべした白い肌が、暗闇に浮かび上がる。興奮に硬くなった乳首が空気に触れて、じんじん痺れる。

「や……」

「可愛いよ——すみずみまで、愛してあげる」

バイロンの端整な顔が胸元に埋められ、凝った乳頭を交互に口に含んで舌で転がす。

「あっ、あ、あっ……だめ、あぁっ」

ぬるつく舌で乳首を転がされただけで、きゅんと子宮の奥が甘く痺れ、それだけで軽く達してしまう。

びくびくと肩を震わせる彼女に、バイロンが愉《たの》しげな声を出す。

「胸だけで、達してしまった?」

「いや……いや、意地悪……」

頬を染めて首を振る。

「意地悪も、好きだろう？」

バイロンは片手で彼女の乳房を揉みしだきながら、鼻梁で金髪を掻き分け、柔らかな耳朶に甘く嚙んだ。

「やぁっ」

舌先で耳殻をねっとり舐め回され、ぞくぞく背中に甘い悪寒が走る。

ラーラは羞恥で目元を赤く染め、欲望に屈し、小声で言う。

「……きて……」

「聞こえないよ」

ラーラはもはやたまらず、バイロンの腕にしがみついた。

「もう、きて。あなたが欲しい……あなたのもので、達かせてほしいの」

バイロンが待っていたとばかりに、ラーラの肩を摑んで仰向けに押し倒した。

「ああ……バイロン……様」

ラーラは、待ち焦がれて全身を波打たせた。

バイロンが自分の寝間着を剝《は》ぎ取り、濡れそぼった蜜口に、熱い滾りを押し当てた。

「私も、君が欲しかった」

そう言うや否や、バイロンはずんと一気に子宮口まで貫いてきた。

「ひあっ、ああぁあっ」

一瞬で天国に飛び、ラーラは甲高い嬌声を上げて背中を仰け反らせた。

最奥まで突き入れてきたバイロンは、動きを一瞬止め、深々とため息をついた。

「とろとろに蕩けて――なんとよい」

ラーラはバイロンの広い背中に両手を回し、引き締まった腰にすらりとした脚を絡めた。

「ああ、来て……もっと……」

「ラーラ――」

バイロンは両手をシーツに押し付けると、ゆるゆると腰を穿ち始める。

「あ、あぁ……感じる……感じるわ……あなたを……バイロン様」

ラーラは腰を戦慄かせ、男の動きに合わせる。

「私もだ――もう、離さないよ、ラーラ」

バイロンが汗ばんだ顔を寄せ、啄むように唇を食《は》む。その間も、腰はリズミカルに動き続ける。そのゆったりした律動に、ラーラはじわじわと快感の波に呑まれていく。

「あぁ、あ、感じるわ……あぁ、あなたを、あぁ、すごく……幸せ……」

ラーラは自分からバイロンの唇を啄み、甘い鼻声をひっきりなしに漏らす。

「く――そんな蕩けそうな顔をしては――」

バイロンは煽られたように、ふいに激しく奥を突き上げた。

「あっ、あぁぁ、あ、痺れて……っ」

一気に脳芯が真っ白に染まり、ラーラは悲鳴を上げる。

「もう止まらない、ラーラ」

バイロンはラーラの細腰を抱え込み、全体重をかけるようにして、獰猛《どうもう》に抽挿を開始した。

「あぁぁ、はぁ、あ、すごい……あぁ、すごい……っ」

熟れた媚肉を荒々しく掻き回され、ラーラは我を忘れて淫猥に喘いだ。

「ああ——いい、素晴らしい、君の中——きゅうきゅう締まって——」

バイロンは身体をぴったりと重ね、彼女の腰を強く抱きしめ、がむしゃらに腰を繰り出した。

「あぁ、あ、また……あぁ、い、達く、あ、ぁあ」

子宮口を深く穿たれ、ラーラは際限なく達してしまう。太い剛直が大きく開いた淫唇から抜き差しするたび、大量の愛蜜がこぽりぐぷりと溢れ出す。

「あぁああ、あ、も、だめ、あぁあ、バイロン、バイロン……っ」

「く——ぅ、ラーラ！」

ラーラは全身でいきみ、最愛の男のものを強く締め付けながら、最後の絶頂を極めた。

同時に、膣奥でバイロンの欲望が激しく弾け、びゅくびゅくと大量の熱い精を噴き出した。

視界が快感で真っ白に染まる。深い幸福感がラーラの身体中を駆け巡る。

二人は汗ばんだ身体をぴったり重ねたまま、浅い呼吸を繰り返した。

ぐったり弛緩した身体は、なお、離れまいときつく抱きしめ合った。


半月後。

ラーラはバイロンのすすめで、妹たちを宮殿に呼び、共に暮らすことにした。

皇太后は、正式に政務からの引退を表明し、静養治療のため、郊外の静かな離宮に移り住むことを決めた。

大公弟ジェラールは、見聞を広めるために、リスベニア王国の大学へ留学することになった。

さらにひと月後。

バイロンは、ラーラを正式な婚約者とし年内には結婚の儀を行うことを、内外に大々的に発表した。

突き抜けるように晴れ渡った冬晴れのその日。

バイロンとラーラの結婚式が挙行された。

結婚の儀は、王都の大聖堂で華々しく執り行われた。

大きく広がったスカートにたっぷりとレースをあしらい、大粒の真珠を散りばめた純白のウエディングドレスに身を包み、ふっくら結い上げた金髪にダイアモンドのティアラを飾り特注の長いヴェールを被ったラーラは、初々しくも輝くばかりに美しかった。手には、国花であるオレンジ色の花のブーケを持っている。式に参列した人々は、ラーラの美麗さに誰もが魅了された。

何メートルもレースの裳裾《もすそ》を、美少女揃いのブライズメードたちに持ち上げてもらい、ラーラはしずしずと大聖堂のヴァージンロードを進んでいく。

祭壇の前に、バイロンが待ち受けている。

真っ白な礼装用の軍服に身を包み、斜め掛けにした青いサッシュが彼の凜々《りり》しさを強調している。

ラーラはヴェール越しに、まっすぐバイロンを見つめた。

バイロンも包み込むような眼差しで見返してくる。

彼がそっと右手を差し出す。

ラーラは絹の白手袋に包まれた右手を、彼の手のひらにあずけた。

二人は並んで司祭の説諭を聞いた。

（とうとう――バイロン様と結婚する……）

万感の思いがラーラの胸を満たした。

ここまでくるのに、沢山の紆余曲折《うよきょくせつ》があった。

辛いことも悲しいこともいっぱいあった。

（でも私は、バイロン様の愛を信じて、ここまで頑張ってこれたのだわ）

二人は永遠の愛の誓いをし、指輪を交換した。

バイロンが、ラーラの肩をそっと抱き、向かい合わせにする。

彼がヴェールを持ち上げた。

澄んだ青い目に、ラーラの顔が映っている。きっと、自分の瞳にもバイロンの姿だけが映っているのだろう。

「愛しているよ」

端整な顔を近づけながら、バイロンがため息のようにささやいた。

「私も、愛しているわ」

ラーラも密やかに言葉を返す。

二人の唇がそっと触れ合う。

ラーラは、身体中を駆け巡る熱い感動に打ち震えた。

（この人と、どこまでもいつまでも寄り添って生きていきます……）

後に人々は、歌姫のシンデレラ物語として、ラーラの人生を後世に永く伝えることとなる――。

皆様、こんにちは。すずね凜です。

今回は大公様とヒロインのお話です。


大公といえば、モナコ公国の大公妃、グレース・ケリーを思い出しますね。

絶世の美女でした。

現在は個性的な美人が多いハリウッド映画界ですが、一昔前は、グレース・ケリーを始め、イングリッド・バーグマン、オードリー・ヘップバーン、エリザベス・テイラー、ローレン・バコール、ティッピ・ヘドレン、ブリジット・バルドーetc.

もう絵に描いたような美女ばかりでした。

私なんか、これで同じ人類かよと、映画を見ては愕然とするばかりでした。


でも、小説は便利。

小説の中でなら、いくらでも美女になれます。

人がなぜ小説を読むのかといえば、現実にはない世界で、自分と違った人生を味わえるということが、最大の魅力ではないでしょうか。

読者の皆様を、ひと時うっとりするようなロマンスの世界にお連れすること、それが私の役目だと思っています。

今回のお話はとっても筆が乗ってまして、予定枚数をずいぶんオーバーしてしまい、泣く泣くいくつかのお話を削りました。話の中では意地悪役に徹している皇太后様にも、彼女なりの哀しい人生があったりして——。

あと、お話の中でデートの時、大公様が召し上がったサバサンドですが、これ、トルコの名物料理です。ほんとーに美味しいの！　おうちでも簡単に（サバを塩焼きかフライにしてレモンを振り、レタスなどと一緒にハード系のパンに挟むだけ）作れますので、ぜひ一度試してみてください。

さて、今回も素敵な挿絵を描いてくださった椎名咲月先生に感謝します。

前作の「公爵様の淫らな手ほどき」の挿絵も、大変評判がよくて、今回もご一緒させていただけて、とても光栄でした。

そしていつも原稿を楽しんでくださる編集さんにも、御礼申し上げます。

応援してくださる読者様、ほんとうにありがとうございます。メールが当たり前の世の中で、わざわざお手紙を書いてくださる読者の方々のご期待に添えるよう、これからも頑張ります！

✦✦✦✦✦✦✦✦✦✦✦✦✦✦✦✦✦✦✦✦✦✦✦✦✦✦

乙蜜ミルキィ文庫をお買い上げいただきありがとうございます。
この本を読んでのご意見、ご感想をお待ちしております。
〒162-0825 東京都新宿区神楽坂6-46 ローベル神楽坂ビル5F
リブレ出版(株)内 編集部

リブレ出版WEBサイトでは、本書のアンケートを受け付けております。

サイトにアクセスし、TOPページの「アンケート」から該当アンケートを選択してください。

ご協力お待ちしております。


「リブレ出版WEBサイト」http://www.libre-pub.co.jp

✦✦✦✦✦✦✦✦✦✦✦✦✦✦✦✦✦✦✦✦✦✦✦✦✦✦

乙蜜ミルキィ文庫

大公陛下の純愛ロマネスク

2016年4月14日 第1刷発行

著者 すずね凜
©Rin Suzune 2016

発行者 太田歳子
発行所 リブレ出版株式会社
〒162-0825 東京都新宿区神楽坂6-46
ローベル神楽坂ビル
電 話 03-3235-7405(営業)
03-3235-0317(編集)
FAX 03-3235-0342(営業)
印刷・製本 株式会社暁印刷

Printed in Japan ISBN 978-4-7997-2940-3